は二回嘘をつく

愁堂れな

幻冬舎ルチル文庫

CONTENTS ✦目次✦

大人は二回嘘をつく

✦カバーデザイン＝久保宏夏(omochi design)
✦ブックデザイン＝まるか工房

イラスト・街子マドカ✦

大人は二回嘘をつく

＊　＊　＊

「う……」

部屋を出ようとしたとき、背後で呻《うめ》き声が聞こえ驚いて足を止めた。

まだ生きていたとは——金への執着は他に類をみないほど強いとは思っていたが、生への執着も凄《すさ》まじかったようだ。

「……きゅ……救急車……」

彼の手がゆっくりと伸びてくる。鮮血に塗《まみ》れたその手を振り払ってしまったのは恐怖からだった。血に塗れているのは手だけではなく、彼の顔全体が真っ赤に染まっている。

「……お前……」

憎々しげに歪《ゆが》んだ顔がますます恐怖をそそり、気づいたときには、あとずさったときに手に触れたクリスタルの灰皿を彼の頭に振り下ろしていた。

二度、三度——。

「う……」

痙攣《けいれん》していた彼の身体《からだ》が、やがてぴくりとも動かなくなる。
人を殺してしまった——その自覚が己の内に芽生えたのは、彼の命を奪ってからずいぶん時間が経《た》ったあとだった。

＊　＊　＊

1

「お疲れ」

「おせえじゃねえか」

所轄の朝は早い。朝が早いというよりは二十四時間、誰《だれ》かしらが勤務しているというのが正しいのであるが、ここ、武蔵野《むさしの》警察署でも当番の刑事が当直室に泊まり、夜間の事件勃発《ぼっぱつ》に備えている。

その当直明けで少々機嫌が悪いらしい同僚の佐伯《さえき》に毒づかれ、棚橋隆也《たなはしりゅうや》は肩を竦《すく》めた。

「遅いっつー台詞《せりふ》は、毎朝重役出勤の近藤《こんどう》課長に言ってやれ」

「俺はお前みたいに自分の未来に興味がねえわけじゃねえからな。上司は大切にしたいのさ」

「その分同僚に辛《つら》くあたるってか？　サラリーマンだねえ」

佐伯の半分本音、半分ジョークが混じった言葉を笑顔でかわした棚橋の横から、後輩の御《み》木本《きもと》が話に入ってきた。

「まあ、刑事も宮仕えの身ですからね。棚橋さんくらいじゃないですか？　出世に興味ないのって」

「そうそう、こいつは東大卒の上、警察学校を首席で卒業したような男だからな。俺たちみたいな叩《たた》き上げの気持ちはわかっちゃくれないんだわ」

「またその話か」

やれやれ、と再び肩を竦めた棚橋は大卒のキャリア、佐伯と御木本が交番からの叩き上げである。だが、ぱっと見、この三人の中で誰がキャリアかと尋ねられたら、まずは身だしなみに気を遣っているのがありありとわかる若い御木本——彼はまだ二十七歳である——の名が挙がり、続いて、今日は当直明けで無精髭《ぶしょうひげ》が浮いてはいるが、縁なし眼鏡《めがね》の奥の瞳《ひとみ》に知性を感じさせる端整な顔立ちの佐伯だと人は思うに違いない。

実は東京大学出身、しかも警察学校を首席で卒業したという輝かしい経歴を持つ棚橋自身は、それこそ身だしなみに気など遣ったことはないというような、だらしのない格好をしていた。

もともとの素材はいいのである。百八十センチを超える長身で、均整の取れたいい身体つきをしている。その上外国人かハーフに間違えられるほどに顔が小さく、足が長い。顔立ちも決して悪くはなく、身綺麗《みぎれい》にすればそれなり——どころか、それこそ佐伯や御木本などとは比較対象にすらならぬほどの美丈夫ではあるのだが、佐伯の無精髭が当直明け限定であるのに対して、棚橋のそれはデフォルトであり、それがまた彼の男ぶりを下げていた。

いつ床屋に行ったのかと思うようなぼさぼさ頭をしているし、不潔感さえないものの、スーツもシャツもアイロンがあてられたことなどあるのかと思うような状態である。最近は少し崩れた外見が流行《はや》りであるとはいえ、警察官としてその崩れっぷりはあまり推奨されるべきものではなく、棚橋は日々上司の厳しい視線と嫌みを浴びていた。

「しかしどうして昇任試験、受けようとしないんです？　その気になりさえすりゃ、すぐテッペンだって狙えるでしょうに」

「本当に嫌みな野郎だぜ」

　さきほどから棚橋に対して、それこそ『嫌み』なことばかり言っている佐伯であるが、その顔には、言葉ほどの険はない。佐伯と棚橋は同い年で今年三十歳になる。学歴も出世に対する考え方もまるで違ったが、なぜか二人は非常に気が合い、今では武蔵野署内の名コンビと言われるほど仲がよかった。それゆえこのような、それこそ『嫌み』も言えるのである。

「嫌みはどっちだ」

　棚橋も心得たもので、佐伯の言葉を本気には取らず、今日も笑って彼の頭を小突く。と、そのとき、卓上の電話が鳴り、御木本がワンコールもしないうちに受話器を上げた。

「はい、武蔵野署……はい？」

　御木本の顔に一気に緊張が走った。どうやら警視庁に寄せられた一一〇番通報情報が回されてきたらしいと、室内にいた刑事たちが一斉に御木本の周囲に集まってきた。

「……はい、はい、わかりました。すぐ向かいます」

「どうした」

電話を切った御木本に棚橋が問いかける。

「吉祥寺《きちじょうじ》駅南口の金融業者『ローンサクラ』で強盗殺人事件だそうです」

「強盗殺人⁉」

「場所はどこだ」

「殺されたのは？」

皆口々に問いかけるのを、手を上げて制したのは佐伯だった。先日の昇任試験で警部となった彼は、刑事課の係長の任についている。

「御木本と田中《たなか》は残れ。あとの者は現場へ」

「わかりました」

「あ、御木本」

刑事課を皆が駆け出そうとしたとき、棚橋が思い出したように足を止めて後輩を振り返った。

「はい？」

「マル暴に『ローンサクラ』と関係が強い組があるかどうか、確認しといてくれ」

「了解」

御木本が頷《うなず》くのに、「ソツがないねえ」と佐伯が棚橋の背を叩く。

「しかし朝っぱらからコロシかよ。ついてないな」

棚橋と同じ覆面パトカーに乗り込みながら、佐伯がやれやれと溜《た》め息《いき》をついた。当直明けの彼は本来なら帰路についているはずである。

「ここのところ凶悪事件もなかったのにな」

この二人だと、運転は常に棚橋がすることになっていた。大学在学中は自動車部に所属しており、A級ライセンスを取得していることをたてに、佐伯が運転を押しつけるからだ。

「『ローンサクラ』か……聞いたことがあるようなないような」

首を傾《かし》げた佐伯に、淡々とした口調で棚橋が答えた。

「吉祥寺の駅前の金貸しだ。最近二つばかり支店を出したんじゃなかったか。電車からでかでかとした看板が見えるだろう？　妙に羽振りがいいと思っていた店だ」

「……相変わらず、管轄内の事情には明るいねえ」

佐伯が心底感心した声を出す。

「そういやよく見るな。『サクラ』だけにピンクの看板だったっけ」

「そのとおり」

にっと笑った棚橋に、佐伯はしみじみと、

「本当に、お前に出世欲がなくて助かったぜ」

とても冗談には聞こえぬ口調でそう呟《つぶや》き、棚橋を苦笑させた。

佐伯は出世欲が人より強い。上昇志向が強いのは悪いことではないが、ちょっとアレはいきすぎだと陰口を叩かれることもしばしばである。

棚橋と仲がいいのも、まるで出世を考えていない彼が手柄を譲ってくれるからだとか、雑用を引き受けてくれるからだとか、そういう陰口を叩く者もいたが、棚橋自身は別にそのことに対してなんの感慨も持っていなかった。

実際、棚橋が佐伯と二人で逮捕した犯人を彼に譲ったことは一回ではない。が、棚橋はそれだから佐伯が自分とつき合っている、というほど彼をドライな人間とは思っていなかった。

人のプライオリティは他人が批判するものではない。出世は棚橋にとってはプライオリティの低いものだったが、佐伯はそれを一番に置いているというだけのことで、佐伯の人柄を左右するような問題ではないと棚橋は思っていた。

スタート時点から優位な場所にいる自分に絡んでくることを時折うざったいと思うことはあったが、決してこの、常に出世にぎらぎらと目を光らせている友人を棚橋は嫌いではなかった。

棚橋の運転する車は十分もしないうちに現場に到着した。貼《は》られた『立入り禁止』の黄色いテープを潜《くぐ》って二人が入ったときには、すでに本庁の刑事たちが室内をあれこれと物色していた。早速担当が振り分けられ、棚橋と佐伯はいつものように二人ペアを組み、指示されたとおり周辺の聞き込みへと向かった。

「被害者は社長の大屋敷悟《おおやしきさとる》、死因は撲殺、凶器は死体の傍《そば》に落ちていたクリスタルの灰皿だが、もともと室内に備えつけてあったもののようである。事務所の鍵《かぎ》はこじ開けられた気配はなく、現場には争った形跡がないことから、顔見知りの犯行と思われる。金庫の扉が開いていていて、中にほとんど金がなかったため強盗殺人の疑いが濃いが、日頃、どのくらい金が入っていたかなどは、これから出社する従業員に聞く予定……か」

佐伯が本庁の刑事の報告を書いたメモを読み上げる。

「大屋敷社長は四十二だったか？」

事務所の近辺はスナックなどが入っている雑居ビルが多く、この早朝に話を聞けそうな人間には未《いま》だ行きあたらなかった。棚橋の問いに佐伯は、

「ああ、そうだ。なかなかのハンサムだったよなあ。着てるものも高級品だったし、さぞモテたことと思うがな」

死体の様子を思い起こしながらそう答え、羨《うらや》ましいぜと笑ってみせた。

「殺されて羨ましいはないだろう」

苦笑したあと棚橋は、考え考え話し始めた。

「顔見知りは女か……ちょっとばかり扇情的な現場ではあったが、ない話じゃないかもな」

「おうよ。最近の女性は男よりも思いっきりがいいっていうしな。毎月一回、大量出血してるから、血を見ることに関しちゃ男よりも度胸が据わってるってえ意見もある」

「そりゃ女が聞いたら怒るだろう。生々しすぎるぜ」

彼らが馬鹿話を続けているのも、訪れる先が留守また留守であるからだった。仕方がない、少し時間を潰《つぶ》そうと棚橋と佐伯は駅近くの喫茶店に入り、食べ損ねていた朝食をとることにした。

「そろそろ九時か」

佐伯が腕時計を見たところに、ぎりぎり時間に間に合ったモーニングセットが運ばれてきた。

「食おうとすると邪魔が入るんだよなあ」

佐伯自身、ジョークのつもりであっただろうに、いきなり彼の胸ポケットに入れた携帯が鳴り出したものだから、彼は悲惨な顔になり、棚橋は思わず吹き出した。

「ええい、くそ」

悪態をつきながらも応対に出た佐伯は立ち上がり、店の外へと移動してゆく。警察官たるもの、マナーは心得ていないといけないと思っているらしい。

その間棚橋は、運ばれてきた自分のモーニングセットを大急ぎで平らげ始めたのであるが、佐伯はすぐに戻ってくるとそんな彼の頭を後ろから力いっぱい叩いた。

「いて」

「一人で食うなんて、友達甲斐《がい》のねえ奴だ」

行くぞ、と佐伯が棚橋の腕を摑《つか》んで立ち上がらせ、伝票を彼に押しつける。

「俺が払うのか」

「当たりめえだ」

言い捨ててはいたが、佐伯の機嫌は悪くなさそうだと棚橋は思いながら金を払い、彼のあとに続いて店を出た。

「どうした？」

急げとせかす佐伯に問いかけると、棚橋が思っていた以上の吉報を佐伯は教えてくれた。

「犯人《ホシ》と思《おぼ》しき人間を任意で呼んだんだとさ」

「へえ。早いな」

ヒュー、と口笛を吹くと同時にエンジンをかけ、棚橋は車を発進させた。

「なんでも一人だけ定時になっても出社しない社員がいたらしい。いつもは誰より早く来るような真面目《まじめ》人間なのにおかしい、と他の社員が言い出して、様子を見に行ったら今まさにトンズラかこうとしている最中だったんだってさ」

「案外簡単に片づきそうでよかったな。お前も帰ってゆっくり寝られるってもんだ」

「本当に助かったぜ」

棚橋の言葉に佐伯が心底ほっとしたように頷き、それから五分ほどして車は署に到着した。

「お疲れ様です」

他の捜査員たちもぼつぼつ戻り始めていた刑事課で、慰労の声をかけてきた後輩の間宮《まみや》に棚橋が、

「取調べ中か？」

と聞いたとき、

「ああ、棚橋、いいところに帰ってきた」

背後から刑事課長の近藤の声が響いた。

「はい？」

棚橋の眉《まゆ》が顰《ひそ》められる。彼はこの、上に阿《おもね》るばかりの上司があまり好きではない。それは近藤も同じらしく、いつものように嫌みな口調で棚橋に話しかけてきた。

「今、御木本と田中が取調べに入ってるんだが、心もとないんでお前が替わってくれ」

「…………」

確かに御木本と田中はまだ経験も浅く、二人に取調べを任せるのは『心もとない』状態ではあるのだが、それを同僚の自分に対して口に出す無神経さも棚橋の嫌うところであった。横で聞いていた佐伯にもそれが伝わるらしく、まあまあ、というように棚橋の背を叩いてくる。

「どうした」

「いえ」

こうしたやりとりはすでに日常茶飯事で、口論もしつくした感があった。棚橋は何も言わずに「どこですか」と、取調室の場所を聞き、教えられた第三取調室へと向かった。

「そんな嘘《うそ》並べて、通用するとでも思ってんのかっ」

ドアの外まで御木本の怒声が響いていた。近藤に腹を立てていたあまり、棚橋は任意で引っ張られたという『ローンサクラ』の従業員の名前も年格好も、前科のありなしも聞いてくるのを忘れたという今更のことに気づいたが、容疑者本人に聞けばいいかと思い直してドアを開いた。

「あ、棚橋さん、お疲れ様です」

入り口近くの机で調書を書いていた田中が小さく声をかけてくる。

「あの金はどうしたかって聞いてるんだよ」

取調べにあたっていた御木本が、バシッと机を叩いたその向こう、俯《うつむ》いていた容疑者の肩がびくっと震えた。

「あ」

あまりに見覚えのある男の顔に、まさか、と思いながらも棚橋の口から声が漏れる。その声に誘われるように男が顔を上げ——。

「あ」

心底驚いたように棚橋を見返してきた男の名も素性も、本人に確かめるまでもなく棚橋の

熟知したものであった。

「どうしたんです、棚橋さん」

二人の様子を訝《いぶか》り、御木本が二人をかわるがわるに見ながら問いかけてくる。

「……翔《しょう》」

御木本の問いに答えられぬほどに棚橋を動揺させた男の名は、橘《たちばな》翔といった。

「……隆也」

名前で呼び合う彼らは、高校の同級生である。三十歳の棚橋と同い年とはとても思えぬ、まだ二十代前半といっても通るであろう橘の容貌《ようぼう》は、十年前別れたときからまるで変わっていなかった。

「お知り合いですか?」

啞然《あぜん》としたまま言葉も出ない棚橋に、どこぞの暴力団関係者かと思われるようなあの迫力はどこへやら、御木本がおずおずと問いかけてきた。

「あ、ああ。ちょっとな」

ようやくそれで我に返った棚橋は、御木本の肩をぽん、と叩くと取調べを替わろうとした。

「マズくないっすか」

御木本がこそ、と棚橋に囁《ささや》いてくる。事件関係者に友人知人がいる場合は捜査から外れるのが常となっていたからだが、棚橋は「大丈夫だ」と笑って半ば強引に席を替わった。

「……どうも」

未だに戸惑《とまど》った様子の橘が、そんな棚橋を前に頭を下げる。

「……なんつーか……元気だったか？」

「棚橋さん」

世間話を始めるのではないかと案じたのだろう――棚橋自身、まさにそのつもりであったのだが――御木本が棚橋の名を呼び、今まで彼が聴取した内容を棚橋が聞きもしないうちからべらべら話し始めた。

「この橘さんなんですがね、今朝《けさ》、定時になっても出社しないのでおかしいということになりましてね、自宅を訪ねましたらどうも様子が変だ。それで部屋を見せてもらったんですが、室内から二百万もの大金と『ローンサクラ』の封筒が見つかりましてね、それで事情をお聞きしたいと署までご同行願ったんですよ」

「部屋を見せてもらうだなんて、強引に入ってきたんじゃないですか」

声高に喋《しゃべ》る御木本の声に被《かぶ》せ、ぼそりと呟く橘の声が聞こえる。気弱そうにみせてはいるが、実は負けん気の強さは他に類をみないほどだったと、懐かしいことを思い出していた棚橋の前で、

「人聞きが悪いことを言うなよな！」

バシッと机を叩きながら、御木本が吼《ほ》えた。

「事実じゃありませんか」

「事実を知りてえのはこっちだ。あの金はどうしたって言ってんだよ！」

バシバシと机を連打し、怒声を張り上げる御木本を「まあまあ」と棚橋が宥《なだ》めようとした
そのとき、

「邪魔するぜ」

ノックと同時に取調室のドアが開き、佐伯が室内へと入ってきた。

「お？」

一体なにごとだと、棚橋をはじめ皆が注目する中、佐伯はつかつかと橘へと近づいてゆく。

「あの？」

訝しげに眉を顰めた橘に、佐伯は愛想笑いを浮かべたままこう言い、周囲を驚かせた。

「ご足労いただきありがとうございました。お帰りいただいて結構です」

「なんですって？」

「どうしたんです、佐伯さん」

御木本と田中が驚いた声を上げる中、

「……それはどういうことですか？」

橘も怪訝《けげん》そうな顔をして佐伯に問いかける。

「もうお帰りいただいて結構ですと申し上げているのです。入り口までお送りしましょう」

作った笑みを浮かべて繰り返した佐伯を見て、室内にいた刑事たちは事件に進展があったことを察した。

「田中、お送りしろ」

「……わかりました」

橋はまだ何か問いたげな顔をしていたが、一番年少の田中に「こちらです」と促され、しぶしぶといった感じで取調室を出ていった。

「どういうことです？」

ドアが閉まった途端に勢い込んで御木本が佐伯に問いかける。

「どうもこうもねえ。犯人が自首してきやがったんだ」

「なんですって⁉」

仰天した声を上げた御木本の横から今度は棚橋が問いかけた。

「どこのどいつだ？」

「流しの強盗だそうだ。これから奴の取調べなんだが、棚橋、一緒に入ってくれるか」

佐伯の言葉を棚橋は最後まで聞かずに、取調室を駆け出していた。

「悪い、ちょっと出てくるわ」

「おい？」

「棚橋さん？」

佐伯と御木本の声を背に棚橋は長い廊下を走って武蔵野署を飛び出した。

「あれ、棚橋さん」

署の入り口で田中にぶつかりそうになったのに、「すまん」と謝り、外に出る。周囲を見回し、やはり駅に向かったんだろうと駆け出した彼は、ようやく目当ての背中を見つけて安《あん》堵《ど》の息を吐いた。

「翔!」

呼びかけた棚橋の声に、数メートル先を歩いていた華奢《きゃしゃ》な背中がびく、と動き、足が止まる。

「やあ」

振り返って笑顔をみせた橘に棚橋は駆け寄ると、

「茶でも飲まないか」

と誘い、顔を覗《のぞ》き込んだ。

「茶ねえ」

橘は一瞬考える素振りをしたが、

「いいだろう? 久しぶりなんだからよ」

と棚橋がさらに一押しすると、案外簡単に頷いた。

「そうだな」

「よっしゃ、それじゃ行こうぜ」

少し早いけれど昼食でもどうかと棚橋は橘を誘い、近くのファミリーレストランへと彼を連れていった。

「本当に久しぶりだな」

改めて橘と向かい合った棚橋の口から、あまりにしみじみとした声が漏れる。

「……十年ぶりか……お前は変わらないね」

十年前、棚橋が『儚《はかな》げに笑う』と称していた微笑を浮かべてみせた橘に、

「変わらないのはお前の方だろう」

と棚橋も笑った。

「しかしお前が刑事になっているとは思わなかった」

運ばれてきたコーヒーを受け取ったあと、声を潜めるようにしてそう告げた橘に、

「……まあな」

棚橋がバツの悪そうな顔をしたのには理由があった。

「『ネタはあがってるんだ』とかやってるんだ？　さっきのあの、若い刑事みたいに」

悪戯《いたずら》っぽい笑いを浮かべる橘に向かい、棚橋は肩を竦めて答えた。

「……昔、お前に締め上げられたのを参考にさせてもらってる」

「馬鹿」

思わず吹き出す橘と、つられて笑った棚橋の二人は、高校の同級生なのであるが、二人の関係はただの『同級生』には留《とど》まらず――。

「俺に嘘ばっかりついて、浮気を繰り返してたお前が刑事ねえ」

「……まだ根に持ってたか」

再び肩を竦めた棚橋と、「冗談だ」と苦笑した橘は、実は長野《ながの》での高校時代から大学二年まで、いわゆる『恋人同士』の間柄だった。


二人の関係が始まったきっかけを、当時から棚橋は思い出すことができなかった。高校生にあるまじき飲み会のあと、勢いで押し倒してしまったのだったか、それとも放課後、何気ない会話の最中、常に見惚《みと》れていた橘のすべらかな頬《ほお》に思わず手を伸ばしてしまったのだったか――気づいたときには棚橋は橘とキスを交わし、身体の関係を持つという、「ただの友人」の範疇《はんちゅう》を超えるつき合いを始めていた。

同性に興味を覚えたことは一切なかった棚橋だが、橘だけは別だった。橘自身の指向《しこう》は聞いたことがなかったが、棚橋の前に男との性交の経験はなかったようである。

「愛している」

初めてこの言葉を棚橋が口にしたのは、世間で言う『恋人同士』は愛を囁き合うものだという概念が芽生えたからだったのだが、対する橘は、

「……馬鹿か」

心底馬鹿にした口調でそう答えるという、あまり色気のない恋人同士だった。

とはいえ、橘が棚橋を『愛して』いないわけではなく、口に出す棚橋よりも、もしかしたらよほど橘は棚橋を想っていたのかもしれない。それに棚橋が気づいたのは、高校を卒業し、棚橋が東大へ、橘が早稲田《わせだ》へと進学を決めたあとだった。

ともに東京の大学へと進むことになり、上京した二人は当然のように一緒に暮し始めた。親と同居している間はなかなか二人の時間がとれず、男同士でラブホテルに行くわけにもいかずで――それ以前に高校生でもあったのだが――上京して間もなくは、いわゆる『蜜月《みつげつ》生活』が続いたのだが、次第に二人の間にぎくしゃくとした空気が流れ始めた。

棚橋は大学で友人を作り、彼らと遊びに行くことも多かったが、橘は新たに友人を作ろうとしなかった。

「大学も友達がいなきゃつまらないだろう」

棚橋がいくら、そう言っても、

「俺にはお前がいればいいから」

橘はそう答え、二人で借りたアパートでただひたすら棚橋の帰りを待っている。棚橋はも

ともと社交的な性格である上に、東京でのキャンパスライフはあまりにも楽しいものだった。新しくできた友人たちと、今まで馴染《なじ》みのなかった東京生活を満喫し始めた彼にとって、家でじっと自分の帰りを待っている橘の存在は、言い方は悪いが重荷になりつつあった。

橘は棚橋の交友関係には一切口を出さなかったが、女性に対してだけは敏感で、電話でもかかってこようものなら――当時はまだ携帯電話がそれほど普及しておらず、二人共通の家庭電話を使っていたのである――どこの誰で、どういう関係だと根掘り葉掘り聞きたがった。

それがうざったくなった――というのは、棚橋の言い訳でしかなかった。もともと棚橋は女性が嫌いなわけではない。友人に連れられ合コンに行くと、東大生で見てくれのいい彼は女子大生にやたらともてた、というのもきっかけでしかなかった。

一度酔った勢いで合コンに参加していた女子大生の一人とホテルに行ってしまったあとはもう、箍《たが》が外れたようになった。

ずいぶんあとになってから当時を振り返り、何かが憑《つ》いていたのではないかと首を傾げるほどに、棚橋は毎夜のごとく遊びまわり、『恋』には決してなり得ない、一夜かぎりのアバンチュールをゲーム感覚で楽しんでいた。

男同士ではあったが、世間で言う『恋人同士』であるという自覚はあったので、棚橋は自分のそんな『楽しみ』を橘には、勿論《もちろん》ひた隠しにしていた。彼女たちとの関係は『ゲーム』でしかなく、一筋の気持ちも入ってはいなかったが、橘にそれを知られることはあまり好ましくないという自覚はさすがに働いていたのである。

だが橋は棚橋の『アバンチュール』をほぼ十割の確率で嗅《か》ぎ当てた。

徹夜で麻雀をした翌朝には何も問いかけてこない彼が、『ご休憩』でホテルに行った日は、たとえ帰宅が十二時前であっても、

「どこに行ってたんだ？」

と尋ねてくる。勘が鋭いといおうかなんといおうか、機会さえあれば『どうしてわかるのだ』と聞いてみたいほどに毎度毎度言い当てられるにもかかわらず、棚橋の『浮気癖』はおさまらなかった。

悪いことをしているという自覚はあるから、つい問い詰められると嘘をつく。

「ゼミの仲間と飲んでただけだよ」

「急に麻雀が入っちゃってさ」

「家庭教師先でメシご馳走《ちそう》になったんだって」

棚橋の嘘はあまりに簡単に橋に見破られるのだ。

「ゼミの仲間って誰と？　さっき小池《こいけ》君ってその『ゼミ仲間』から電話があったけどね」

「麻雀？　確かカネがないから、出かけるときには『バイトに行く』って言ってなかったか？」

「へえ、家庭教師先では風呂《ふろ》にも入らせてくれるのか。後ろ髪が濡《ぬ》れてるけど？」

鋭い観察眼と言葉巧みな誘導尋問は棚橋のかなうものではなく、最後は必ず、

「悪かった！　もうしませんっ」

と、棚橋が橋の前で土下座をして許しを請うのが毎度のことだった。

ほぼ半年の間、棚橋の浮気をめぐっての橋とのいたちごっこは続いたのだが、とうとうある日、橋がキレた。

「いい加減にしろっ！　お前の『もうしません』は聞き飽きたよっ」

浮気を見つけるたびに、やいやいと口うるさく怒っていた橋だが、彼の怒りは棚橋が考えていたよりもずっと根深かったらしい。きっかけとなった『浮気』は、それまでのアバンチュールの一人とまるで変わりはなく、ちょっと見てくれのいい女子大生と一緒に映画に行ったのがバレたという、普段よりはよっぽどおとなしいものだったのだが、どうやらコップの水が一杯になるのたとえどおり、橋の忍耐がその瞬間、限界を超えてしまったようだった。

「悪かった！　ごめん！　もうしない、もうしないから」

いくら棚橋が土下座をして詫《わ》びても、

「『ごめん』で済んだら警察はいらないっ」

橋はそう言い捨て、そのまま二人でシェアしていた部屋を出ていってしまったのである。

棚橋はすぐに橋が実家に戻ったことを知ったが、試験期間に入るのを言い訳に、彼のあとを追わなかった。

棚橋の『コップ』もすでに一杯になってしまっていたのである。

悪いのは自分であるという自覚は勿論ありすぎるほどにあったが、棚橋はいよいよ橘の存在を重荷に感じるようになっていた。橘を好きではあるのだが、一途《いちず》な橘の想いを受け止める自信がなくなってしまっていた。

実家に戻ったのであればいつでも会いに行けるし、という安心感から、試験期間が終わったあとも棚橋は橘を訪ねなかった。夏休みに入って里帰りをしたとき、橘の両親が離婚し、橘は弟とともに母親の実家に戻ったということを知り、愕然《がくぜん》としたのだった。

橘の母親の実家がどこであるか、知る者はまるでいなかった。棚橋は慌てて東京へと取って返し、早稲田の学生課を訪ねたのだが、橘の住所を聞こうと思っていたにもかかわらず、棚橋が知り得たのは橘が大学に退学届けを出したという事実だった。

共通の友人知人を辿《たど》って棚橋は橘の行方を捜したが、関西で暮しているらしい、という漠然とした噂《うわさ》しか入手できなかった。一抹どころでは済まない後悔を残しながらも、棚橋は橘を捜すのを諦《あきら》め、こうしてほぼ十年ぶりに再会するまで、彼にとって橘は記憶の片隅に微《かす》かに残る存在となってしまっていたのだが——。

「しかし突然姿を消したんで心配したよ」

「ああ、両親が離婚したんだがかなり揉《も》めてね。母親が精神的にちょっと不安定になってしまったものだから、それで慌てて帰省したんだよ」

「……知らなかったよ。大変だったんだな」

決して上滑りにならないよう、気をつけたつもりではあったが、やはりどこかとってつけたようになってしまった棚橋の言葉に、橘はあの、儚げな微笑を浮かべてみせた。

「……まあ、十年前の話だ。母ももうすっかり元気になったよ。あの頃が嘘のようだ」

「……そりゃよかったな」

何を言っても上滑りに聞こえてしまう己の相槌《あいづち》に顔を顰《しか》めた棚橋に、

「ありがとう」

橘は笑って答えると「それよりさ」と話題を他へ振った。

「隆也が刑事とはね。東大出のエリートじゃや、もうかなり偉いんだろ?」

「いや、まだヒラみたいなもんだよ」

「名刺、くれる?」

「ああ」

あまり名刺を配るな、という不文律はあったが——悪用される恐れがあるからである——棚橋は躊躇《ちゅうちょ》せず名刺入れを取り出すと、一枚彼に差し出した。

「俺も名刺を渡したいけど、社長があんなことになったからもう、わからないいな」

『警部補』という役職を見て橘は少し驚いた顔をしたが、それには触れずに自分の内ポケットから名刺入れを取り出し、棚橋の名刺をしまったあとに自分の名刺を差し出してきた。

「どうも」

『ローンサクラ　社長付　橘翔』――どういう役職だったのかと目で問うた棚橋に、

「まあ、秘書みたいなもんだよ」

橘は簡単に答えたあと、なんでもないことを尋ねるように棚橋に問いかけてきた。

「ところで結婚した？」

「いや。お前は？」

「してないよ」

「そうか」

頷いた棚橋に橘は問いを重ねてきた。

「今、つき合ってる女はいるの？」

「いないな」

「あ、つき合ってる男は？」

「お前以外に俺、男はバージンだよ」

「……なんだそれ」

思わず吹き出した橘は、「貸して」と一度棚橋に渡した自分の名刺を寄越せと言ってきた。

「なに?」

「いいから」

言われるままに棚橋が手渡した名刺の裏に、すらすらと橘は何かを書くと、

「はい」

再び棚橋に名刺を差し出してくる。

「…………」

何を書いたのかとひっくり返してみて、棚橋は思わず目の前の橘の顔を見た。

「……それ、今の住所」

「……ああ」

照れているのか、俯きながらどこかぶっきらぼうな口調でそう告げた橘の頰が紅潮していた。

そのとき料理が運ばれてきて二人の会話は中断され、それからはどうということのない世間話をして過ごすこととなった。

「それじゃあ」

ここは出す、と棚橋が伝票を摑んで立ち上がったのに、橘は自分も出すと固辞することはなかった。

「ごちそうさま」

それじゃあ、とファミレスの前で手を振り、武蔵野署とは反対方向の駅へと向かって歩き始める華奢な背中を、棚橋はしばらくの間見送ったあと、渡された彼の名刺をポケットから取り出した。

『武蔵野市吉祥寺……』

右上がりの流麗な文字は、出会った頃から変わっていない。

『「ごめん」で済んだら警察はいらないっ』

十年前、そんな捨て台詞を残して自分の前から忽然《こつぜん》と消えた恋人の後ろ姿が、人波の中に紛れてゆく。

「…………」

棚橋は再び手の中の名刺の文字を見やったあと、それを大切に上着の内ポケットへとしまうと、

「さてと」

そろそろ行方を捜されているであろう署へと向かって歩き始めた。

桜の季節を迎えようというのに、棚橋に吹きつける風はやたらと冷たく、頬が凍えそうになる。風に立ち向かうようにして署への道を急ぎながら、頭の中に刻み込まれている所轄内の地図で、棚橋はすでにそらんじてしまった橘の家の場所を一人確認していた。

2

その夜午後八時、仕事が終わったあと棚橋は、橘に教えられたマンションを訪れた。

オートロックなどとは無縁の、『マンション』と言うのも憚《はばか》られるような古びた建物である。吉祥寺の駅から徒歩八分くらいか。

駅を挟んで反対側に棚橋の住居はあるのだが、これほど近くに住んでいるのに、まるで気づかなかったとは——などという感慨に耽《ふけ》るふりをして、実のところ棚橋は橘の部屋を訪れることを躊躇していたのだった。

住所を教えたということは、少なくとも来て欲しくないとは思っていないはずである。第一橘は、棚橋が聞くより前に自分から教えてきた。

しかし一体なぜ、橘は自分の住所などを教える気になったのだろうと、棚橋はちらと腕時計を見、教えられた部屋のある建物の三階のあたりを見上げた。

懐かしさが募ったからか——その思いは棚橋にもあった。

もっと話がしたかったとか——それも棚橋の感じたところではあったのだが、棚橋が何より感じたのと同じ気持ちを、橘も抱いてくれている自信を、棚橋はどうにも持てずにいた。

どうするか――家の前まで来ておいて、『どうするか』もないものだと苦笑しながらも、棚橋の足はなかなか動かなかった。このまま帰った方がいいような気もするし、せっかく来たのに何を考えているんだという気もする。

もとより棚橋はこのようにうだうだと迷う性格ではない。思い切りのいい方だと本人も思っているのだが、普段の『思い切り』はすっかり影を潜め、らしからぬ逡巡《しゅんじゅん》を十分以上続けている自分に、次第に棚橋は焦《じ》れてきた。

もうなるようになれだ――そんな悲惨な決意を固める必要などまるでないにもかかわらず、棚橋は自分にそう言い聞かせるとマンションのエントランスに向かい一歩を踏み出した。

建物は四階建てだったが、エレベーターはついていなかった。築三十年は経っているのではないかと思う。外壁などは塗り替えた様子があったが、設備自体は古そうだった。

吉祥寺は不動産の賃貸料は高い方である。駅から普通に歩ける距離でもあるし、古いとはいえ家賃は結構するのだろうと思いつつ棚橋は階段を上り、三階の角部屋、三〇一号室の前に立った。再び逡巡しそうな自分を心の中で叱咤《しった》し、インターホンを鳴らす。

『はい』

すぐに応対に出た声は、昼間聞いた橋のものだった。

「夜分にすまん。棚橋だ」

棚橋が名乗ると、インターホンの向こうで橋が息を呑《の》んだ気配が伝わってきた。

『今、鍵を開けるよ』

一瞬、突然の訪問を断られるかな、という心配が棚橋の胸に芽生えたが、杞憂《きゆう》に終わったようだ。パタパタと近づいてくる足音がしたとほぼ同時にドアチェーンの外れる音がし、大きくドアが開いた。

「よお」

「いらっしゃい」

昼間見たままの格好の橘の笑顔からは、棚橋の来訪を迷惑がっている様子はなかった。そのことにほっとしたと同時に、棚橋の胸にある期待感が芽生えてくる。

「汚くしてるけど、よかったらあがってくれ」

「ああ」

ありがとう、と靴を脱ぎ、橘のあとに続いて入ったリビングは少しも『汚く』などなく、綺麗に整理整頓されていた。

「相変わらず綺麗好きなんだな」

「そうでもないよ」

感心した声を上げた棚橋にソファを勧め、

「ビールでいいか？」

橘が微笑《ほほえ》みかけてくる。

「ああ」

「ワインもあるよ。隆也が好きなバーボンはないけどブランデーならあるかな」

「……………」

『隆也が好きなバーボン』――十年前、棚橋が最も好んで飲んでいた酒はハーパーのロックだった。自分でもすっかり忘れていたかつての嗜好をあまりにもさりげなく持ち出され、棚橋は一瞬言葉に詰まった。

「隆也？」

その沈黙をどうとったのか、橘が心持ち小首を傾げて呼びかけてくる。

「……ああ、ビールがいいな」

「わかった」

一気に十年という歳月を遡《さかのぼ》ってゆく錯覚に陥りそうになりながら、棚橋の胸には自身の抱いていた『期待』は強《あなが》ち独りよがりなものではないのではという、それこそ期待が芽生え始めた。

「乾杯」

何もないけれど、とビールと一緒に簡単なつまみを用意してくれた橘とビールの缶を合わせ、しばし無言で二人は喉《のど》を潤した。

「……そういえば、犯人が捕まったんだってね」

話題に困ったのか、橘がとってつけたように事件の話を持ち出してきたのは、棚橋が一缶目のビールを飲み干そうとしたときだった。

「ああ?」

「あれから出社したんだけれど、夕方刑事さんが来てね、犯人だっていう男の写真を見せられたよ」

「ああ」

はい、と二缶目のビールを差し出した橘に礼を言いながら、職業柄棚橋はつい、彼に問いかけてしまった。

「知ってる男だったか?」

「……刑事さんにも聞かれたけどね、知らない男だった。顧客でもなかったよ」

「ああ、すまない」

一瞬鼻白んだ表情をしたあと、苦笑するように笑って答えてくれた橘に、棚橋は頭を下げた。

「なんで謝るの」

「いや、取調べみたいだったと思って」

橘は容疑者として取調べを受けていた。若い御木本の乱暴な口調にさぞ嫌な思いをしただろうに、それを思い起こさせるようなことをしてしまったと棚橋は詫びたのだが、橘は彼の謝罪に吹き出した。

「隆也がそんなにセンシティブだとは思わなかった」

「俺は昔から繊細だろ」

十年前と同じように、ぽんぽんと会話が続いてゆく。棚橋の中では過去に戻ったかのような『錯覚』がさらに大きく育っていった。

「繊細……というか、マメではあったな。あれだけの数の女の子にちょっかい出しまくっていたからね」

「それは言うなよ」

十年前はそれこそ柳眉《りゅうび》を逆立てて怒っていた橘が、今は淡々とした口調で棚橋の不実を責める。つられて軽い口調で答えた棚橋に、

「いい加減俺もしつこいな」

橘はまた苦笑するように笑ったが、儚げにみえるその笑みから棚橋は視線が外せなくなった。

「……隆也？」

じっと己を見つめる棚橋に、橘がどうしたのだと問いかけてくる。

「……悪かったよ」

「え」

別に酒に酔ったというわけではなかった。ビール二缶など、棚橋にとっては水にも等しい量である。

時が戻ったかのような錯覚が彼の口を開かせたのか、はたまた自覚はしていなかったが、この十年、ずっと後悔していたとでもいうのか――気づいたときには棚橋は、橘の前で深く頭を下げていた。

「悪かった。あの頃俺は本当に子供だった」

「隆也？」

橘が戸惑った声を上げている。いきなり土下座せんばかりの勢いで謝り始めた棚橋に驚いているらしい。棚橋自身、自分の行為に驚きながらも言葉は止まらず、頭を下げたまま大声で謝罪し続けた。

「お前とどう向き合っていいのかがわからなかった。一途なお前の想いを受け止めることがなんだか怖かったんだ……本当に子供だったと思う。それがどれだけお前を傷つけていたか、そんなことに気づかないくらい俺は……」

「隆也」

橘に静かな声で制され、棚橋ははっと我に返って顔を上げた。

「……今夜、来てくれて嬉《うれ》しかったよ」

目の前で橘が、儚く笑っている。棚橋の手がゆっくりとその頬へと伸びていった。

「来るとは思わなかったから……本当に嬉しかった」

棚橋の指先が橋に触れる。びく、と白い頬が震えたのは棚橋の指が冷たかったからか、それとも——。

「……それならなぜ住所を渡したんだ」

問いかける己の声が掠《かす》れているのを、棚橋はどこか夢心地で聞いていた。

「……なぜだろう」

また橋が儚げな笑みを浮かべてみせる。

「……十年間、ずっと忘れられなかったというわけじゃないんだ。でも……」

「でも？」

「顔を見た途端……また会いたくなってしまった」

言いながら橋が自分の言葉に羞恥《しゅうち》を感じたのか目を伏せる。男にしては長い睫《まつげ》の影が震えているのを見た瞬間、棚橋は身を乗り出し、橋の唇を唇で塞《ふさ》いでいた。

「………」

一瞬驚いたように目を開けた橋は、やがて目を閉じると合わせた唇を微かに開く。棚橋の舌を招くその仕草は十年前とまるで同じで、テーブル越し、棚橋は貪《むさぼ》るように彼の舌を求め始めた。

「……っ」

カタン、と飲みさしのビールがテーブルの上で倒れたのにも気づかぬほど、くちづけにのめり込んでいた棚橋の胸を、橘の両手が押す。

「……なに」

微かに唇を離して問いかけた彼に、橘は一瞬の逡巡をみせたあと、再び目を伏せ、小さな声で呟いた。

「……ベッドへ」

「……ああ」

薔薇《ばら》色に染まる頬に、長い睫の影が落ちて揺れている。己の内に急速に膨らんできた欲情を抑える術《すべ》を棚橋は知らなかった。

手を引かれるままに橘のあとに続き、リビングを出る。彼が開いた扉の向こう、やはり綺麗に片づいた寝室の中央に置かれたベッドを見た途端、わけのわからない衝動から棚橋は逆に橘の腕を摑み、ベッドの上に彼の身体を引き倒していた。

「……っ」

ドサッと音を立てて倒れ込んだ橘の上に伸《の》しかかるようにして唇を塞ぐ。あまりの勢いに橘は一瞬だけ抗《あらが》う素振りを見せたが、棚橋の胸を押しやろうとした手はネクタイへとかかり、それを解《ほど》きだした。

棚橋の手も橘のシャツのボタンにかかる。唇を合わせたまま目を見交わし、どちらからと

もなく目を細めて笑ったあと、二人はくちづけを一旦中断すると身体を起こし、手早く自分で服を脱ぎ始めた。

その間にはひとことの会話もなかった。あっという間に全裸になった二人は、まるで何かにせっつかれてでもいるかのような勢いでベッドへと倒れ込んだ。

「……あっ……」

最初から大きく脚を開いていた橘の、首筋から胸へと棚橋はむしゃぶりつく。橘の白い裸体は十年の歳月を経ているとは思えぬほど瑞々《みずみず》しい肌をしていた。

「……あっ……やっ……あっ……」

胸の突起を舐《ねぶ》りながら、もう片方を指先で摘《つま》み上げてやる。昔から橘は胸を弄《いじ》られるのには弱かったが、そういうところも変わっていないな、などという冷静な判断はすでに棚橋からは失われていた。

「あっ……あぁっ……はぁっ……」

橘の両脚が棚橋の背へと回り、ぎゅっとしがみついてくる。勃《た》ちかけている彼の雄が押し当てられる感触に、棚橋も急速に昂《たか》まっていった。

「あっ」

胸を舐りながら片手を橘の後ろへと回し、そろそろと蕾《つぼみ》のあたりを撫《な》でてみる。ずぶ、と指先を挿入させると、橘は小さく息を呑み、両手両脚で棚橋の背にさらにぎゅっとしがみついてきた。

「……キツいか」

胸から顔を上げ、棚橋が橘に問いかける。

「……ん……久しぶりだから……」

辛そうに顰められた眉の下、潤んだ瞳に見据えられた棚橋の雄が一段と硬さを増す。加虐の嗜好は持ち合わせていないはずなのだが、と内心の動揺を隠しつつ、苦痛を和らげてやろうと棚橋はゆっくりと橘の後ろに挿入させた指を動かし始めた。

「……ん……」

内壁を確かめるように圧《お》しながら、少しずつ奥を目指してゆく。前立腺《ぜんりつせん》に触れたとき、強《こわ》張《ば》っていた橘の身体からふっと力が抜け、唇から吐息というには熱い息が漏れた。

「……んんっ……あっ……」

なおもその部分を弄り続けるうちに、橘の腰が揺れてくる。棚橋は二本目の指を挿入してみたが、橘の眉が苦痛に顰められることはなかった。

「……あっ……あぁっ……」

続いてもう一本指を挿《い》れ、ぐちゃぐちゃと乱暴なくらいの強さでかき回してやると、橘は喘《あえ》ぎ始め、腰の揺れも大きくなった。棚橋の背にしがみつく両手両脚にさらに力を込め、先走りの液を零《こぼ》す雄を腹へと押しつけてくる。

「……挿れようか」

「……ん……」

すでに棚橋の雄も勃ちきり、先走りの液が滲《にじ》んでいた。橘は小さく頷くと棚橋の背から手脚を解き、大きくその脚を開いてみせる。

「……いやらしいな」

「……馬鹿」

淫蕩《いんとう》な表情に見惚《みと》れてしまったことへの照れから、棚橋がそう呟きながら橘の脚を抱え上げると、橘はまたあの、儚げにみえる微笑を浮かべて悪態をついた。

「……んっ……んんっ……」

ひくひくと蠢《うごめ》くそこに、棚橋の雄が挿入されてゆく。再び橘の脚は棚橋の背へと回り、さらに奥へと彼を誘《いざな》おうと、ぎゅっとしがみついてくる。自身を締めつける内壁の熱さが棚橋の理性を飛ばし、本能のままに激しく突き上げ始めてしまっていた。

「あっ……はぁっ……あっ……あっ……あっ……」

ベッドの上、橘の細い身体が撓《しな》り、落ちる。いやいやをするように激しく頭を振る仕草はまさに十年前のままで、棚橋にまた過去へと戻ったような錯覚を呼び起こした。

「あっ……やっ……あっあっあっ」

いつしか橘の口からは、ほぼ叫んでいるかのようなあられもない声が漏れていた。顔立ちに品があるために、橘はおとなしやかに見られることが多いが、内面はどちらかというと激しい気性をしていた。

その激しさは閨《ねや》では顕著に現れ、欲情に乱れるさまと楚々《そそ》とした顔とのギャップが十年前の棚橋の劣情を煽《あお》ったものだが、かつてのままに高く声を上げている姿を前に、棚橋はこれ以上はないというほどに昂まっていった。

「……ああっ……もうっ……もうっ……」

激しく身悶《みもだ》える橘の手が彼の雄へと伸びてゆく。男を抱くのはずいぶん久しぶり——というより、本人にも言ったとおり棚橋は橘以外の男を抱いたことがなかったために忘れていた、と慌ててその手より先に棚橋は橘の雄を摑むと、昂まりきった彼を解放してやろうと一気に扱《しご》き上げてやった。

「あぁっ……」

橘が高く啼《な》いたと同時に、白濁した液が飛び散った。

「う」

一気に後ろが締まり、その刺激に耐えられず棚橋も橘の中で達する。はあはあと二人息を乱し合っていたが、不意にぐい、と橘が両手で棚橋の背を抱き寄せ、繋《つな》がったまま身体を起こそうとした。

「……なに」

「…………」

問いかけた棚橋の唇を橘の唇が塞ぐ。

「……っ」

ぜいぜいと息苦しさすら感じさせる呼吸をしているにもかかわらず、唇を離そうとすると橘は意地になっているかのように棚橋の唇を追いかけてくる。そうして貪るように唇を重ねながら、やがて二人は互いの昂まりを確かめ合う行為へと再び没頭していった。


「……おい」

何度目かに達したあと、橘は失神してしまった。棚橋が慌ててキッチンにミネラルウォーターを取りに行き、口移しで飲ませてやると、橘はすぐに意識を取り戻し、

「……ごめん」

そう、小さな声で詫びた。

「……大丈夫か」

汗で額に張りつく前髪を棚橋が梳《す》き上げてやると、橘は、「うん」と頷いたあと、

「水を」

目を閉じたままぼそりと告げ、軽く唇を開いた。

「…………」

飲ませろということか、と棚橋はミネラルウォーターを口へと含み、そっと橘の上に屈《かが》み込むと、唇を合わせ水を注ぎ込んでやった。

「……ん……」

こく、こく、と橘の喉が上下する。

「まだ飲むか」

唇を離して棚橋が問いかけると、橘はもういい、というように、小さく首を横に振った。

「大丈夫か」

再び同じ言葉を問いかけた棚橋へと、橘の細い右手が伸びてくる。

「……おい」

どうした、と屈み込んだ棚橋の頬に橘の指先が触れたと同時に、ぱち、と橘の目が開いた。

「隆也……」

己を見上げる橘の目がひどく潤んでいることに棚橋は気づいていた。頬に触れる指先がやたらと熱く感じ、なぜか締めつけられるような痛みが彼の胸を襲った。

「……なに?」

橘の指をぎゅっと握ると、彼の男にしては大きな瞳が微笑みに細まる。と同時に彼の目尻《めじり》を一筋の涙が零れ落ち、棚橋はその水滴の行方を半ば呆然《ぼうぜん》と見送っていた。

「……会いたかった」

小さな声でそう告げた橋の目尻から、もう一筋、涙が零れ落ちてゆく。

「……俺もだ」

その涙を見た瞬間、己がいかにこの十年、目の前の男への思慕に捉《とら》われていたのかを、棚橋は改めて自覚していた。

その夜、棚橋は橋の家に泊まり、狭いベッドでじっと彼の華奢な身体を抱き締めていた。行為に疲れ果てたのか、橋は昏々《こんこん》と眠り続けていたが、明け方ようやく目を覚まし、棚橋に、

「家に帰らなくていいのか」

と尋ねてきた。

「泊まられちゃ迷惑か」

「そういう意味じゃない……今夜は一人だし」

「『今夜は』？」

そういえばこのマンションは一人で住むには広そうだと、棚橋は腕の中の橋の顔を見下ろした。もしや同棲《どうせい》相手でもいるのかと思ったのである。

「……ああ、弟と住んでるんだよ」

「弟……」

そういえば彼には七歳年下の弟がいたのだった、と棚橋が思い出していると、橘は何が可笑《おか》しいのか、くす、と笑った。

「なんだよ」

「……いや……」

目を閉じたまま、橘が棚橋の胸に頬を寄せてくる。

「……俺もだよ」

「え？」

なんのことだと棚橋が問いかけると、橘は目を閉じたまま、

「俺もお前以外、男はバージンだよ」

くす、と笑ってそう言い、片目だけ開けて棚橋を見上げてきた。

「……そうか」

棚橋の胸になんともいえない想いが込み上げてくる。胸を締めつけるその感覚は痛みとも疼《うず》きともとれたが、決して不快なものではなく、なんというか——泣き出したいようなほろ苦い甘さを感じさせるものだった。

「寝るか」

「うん」

橘の息が裸の胸を擽《くすぐ》る。その背を抱き締め、髪に顔を埋《うず》めたとき、棚橋はここ何年も感じたことのない安らぎを覚えている自分を見出していた。

翌朝、棚橋が起きたときにはすでに橘は彼の腕の中にいなかった。どうしたのかと思いつつリビングへと出てみると、

「おはよう」

薄いブルーのエプロンをつけた彼がキッチンに立っていて、棚橋に十年前の同棲生活を思い起こさせた。

「シャワー浴びてくるといい。タオルは洗面所に出してあるから」

「ああ」

橘は世話女房タイプで、家事はすべて彼が受け持っていたのだった。両親が共働きだったので、食事を作ることも掃除洗濯も家では彼の仕事だったのだと言い、

「別に苦じゃないから」

と笑ってくれるのをいいことに、一切の家事を彼に押しつけていたことを、今更のように棚橋は反省した。

「悪いな」

「別に。毎朝やってるし」

気にするなと笑う橘に見送られてシャワーを浴びたあとは、彼が作ってくれた朝食をともに食べ、棚橋は久しぶりに人間らしい朝を迎えることができた。

「会社、どうなるんだ？」

食事中、事情聴取ではなく、純粋に橘の今後を心配しての問いかけだとわかって欲しいと思いつつ、棚橋がそう尋ねると、

「どうなるんだろう……『ローンサクラ』は大屋敷社長のワンマン経営で社員は誰もほとんど内情を知らされてないからね……」

誰かがあとを継ぐというのは難しいかもしれない、と橘は肩を竦めた。

「社長は独身だったっけな」

「ああ。バツいちだと聞いたことがある気もするけど、プライベートはほとんど知らないんだよね」

「会社はずいぶん景気がよさそうだったじゃないか」

「まあ、相当あこぎな商売をしていたらしいからね」

橘は顔を歪めるようにして言ったあと、慌てたように、

「詳しいことは何も知らないけれど」

と言い足した。棚橋が警察の人間であることを今更思い出したらしい。

「……まあ、あこぎな商売の方は俺たちの管轄じゃないから」

それがわかるだけに棚橋はできるだけさりげない口調で彼を安心させるようなことを言うと、自分に『関係のある』話をし始めた。

「社長を殺した犯人も見つかったことだし、ますます管轄外になるな」

「流しの強盗だったそうだね」

「ああ。前から『ローンサクラ』には目をつけていたそうだよ」

そういえば昨夜、その話は途中になったのだったと棚橋は思い出しつつ、間もなく起訴されるであろう犯人、安部《あべ》の取調べでの供述を話し始めた。

「『ローンサクラ』は『その場ですぐご用立てします』というのをウリにしていたそうじゃないか。それで常に金庫には金が眠っていると思ったらしくてね」

「なるほどね」

橘はそれほど興味がない様子で棚橋の話を聞きながら、「コーヒー、もう一杯飲むか？」とか「トーストは？　もう一枚焼こうか」などと、話とはまったく関係のない問いを挟んできた。

「結局金はなかった上に、無人だとばかり思っていたところにいきなり社長に声をかけられ、慌てたあまりに殴り倒してしまったらしいが……おい、聞いてるか？」

話も途中だというのに席を立とうとした橘に、棚橋が抗議の声を上げる。

「ああ、ごめん。オレンジでも切ろうと思って」

「……そりゃどうも」

朝から豪勢な朝食になったと棚橋は改めて自分の食べ散らかした皿を見、ぽりぽりと頭を掻《か》いた。

「別に興味がないわけじゃないんだ」

オレンジを切った皿を手に戻ってきた橘が、言い訳めいたことを口にする。

「……まあ、死んだ人を悪く言うのはなんだけど、大屋敷さんが……社長が、結構あこぎなことをやっていたのを知ってるだけにあまり憤りも感じなくてね」

「そうなのか？」

はい、と櫛《くし》形に切ったオレンジを差し出され、皿から一つ受け取った棚橋は、橘の話に興味を覚え問い返した。

「殺されたと聞いたとき、ざっと二十人くらい、犯人候補が上がったと営業の人間も言ってた。取立てが厳しかったらしくてね」

「へえ」

あっという間に一つ目のオレンジを平らげた棚橋の手が二つ目のオレンジへと伸びる。

「流しの強盗と知ったら皆、驚くだろうな」

「そういえばさ」

ふと棚橋の頭に忘れていた疑問が浮かんだ。橘が警察に任意で引っ張ってこられたのは、昨日定時になっても出社しなかったからであることともう一つ、大金を保持していたからだという事実を思い出したのである。

「なに？」

もう犯人は捕まったも同然であるのだから、疑問はそのまま流しても問題ないかとは思ったのだが、刑事の常といおうか一応の回答は得ておきたいと思い、棚橋は言葉を選びながら橘に問うた。

「いや、昨日は体調でも悪かったのか？」

「え？」

突然の問いかけに橘は訝しげに眉を寄せたが、すぐに棚橋の聞きたいことに気づいたらしい。ああ、と納得したように頷くと、自分もオレンジへと手を伸ばし、食べながら答えてくれた。

「違うよ。社長から前夜、金を銀行に振り込むよう指示をうけてね。直行することになってたんだ。机にメモでも残しておけば疑われることはなかったんだけど……指示を出した社長は俺の直行を知っていたし」

まさかその社長が殺されていることまでは予測できなかった、と言って橘は笑い、

「不謹慎かな」

と肩を竦めた。

「銀行に金を振り込め？」

「ああ、ウチも返済はほとんど振込みであるんだけどね、昨日、現金を持ち込んだ客がいたらしい。二百万、口座に振り込むようにと社長に渡されたんだ」

「へえ。金庫に入れときゃいいだろうに」

「金庫は常にほとんどカラなんだよ」

「そうなのか」

意外だ、と驚いた声を上げた棚橋に橘は、

「強盗対策だそうだよ」

そう笑うと、「そろそろ時間じゃないのか？」と壁の時計を見上げた。

「ああ、本当だ」

時刻はすでに八時を回っている。慌てて棚橋は立ち上がりながら、

「ごちそうさん。美味《うま》かったよ」

決して世辞ではない言葉を告げ、朝食の礼を言った。

「隆也に『美味かった』なんて言われたこと、なかったな」

そのまま玄関へと向かう棚橋の背に、あとをついてきた橘の声が響く。

「そうだったか？」

「……世辞の一つも言えるようになったのは、成長した証拠か」

肩越しに振り返った棚橋の目に、橘の儚げな笑いが映る。

言われてみれば十年前、二人で暮し始めた頃、橘が作る食事を自分はただ黙々と食べていただけだったという記憶が棚橋に蘇《よみがえ》ってきた。

「……ああ」

そうだ――美味い、と言えばさぞ喜ぶだろうとわかっていたのに、照れてしまって何も言えなかった自分は、ずいぶん子供だった。何も言わないどころか、飲みすぎたからとせっかく作ってくれた朝食をとらなかったり、急に合コンが入ったからと夕食をすっぽかしたりしていたことを思い出した棚橋の胸に、十年ぶりの懺悔《ざんげ》の気持ちが膨らんでくる。

「……悪かったよ」

「ふふ」

棚橋の謝罪の意味を察したのか、橘は小さく笑っただけで何も言わず、拳《こぶし》で軽く棚橋の背を叩いてきた。

「……それじゃあ」

靴を履き終え、振り返った棚橋に、橘が「ああ」と頷いてみせる。

「お前、会社は？」

なんとなく別れがたくもあり、棚橋が問いかけた言葉に、

「これから行くよ」

やはりなんとなく別れがたそうな顔をしている橘が答えた。

「続けるのか？」

「多分辞めるだろう。それ以前に社長がいなくなった今、会社として運営していけないんじゃないかと思うよ」

「再就職か。あてはあるのか？」

「世の中不景気だからね……難しいかもしれないけれど、選ばなきゃなんとかなるかな」

靴はとっくの昔に履き終えたというのに、なかなか棚橋の足はドアへと向かなかった。

世間話のような会話を続ける彼の胸に、焦燥めいた思いが広がってゆく。

こんなことを話したいのではない——聞きたい言葉はただ一つだというのに、なぜその問いを切り出す勇気が出ないのだろうと心では思っているものの、棚橋の口をついて出たのは、

「……頑張れよ」

とってつけたような橘への激励の言葉だった。

「ありがとう」

にっこりと目を細めて橘は微笑むと、

「時間、大丈夫か？」

立ち去りがたく思っている棚橋の心など知らぬような問いかけをしてきた。

「……ああ」

確かにそろそろこのマンションを出なければ遅刻をしてしまう時刻ではあった。棚橋は一旦口を開きかけたが、やがて首を軽く横に振ると、

「それじゃあ」

勇気をもてない己に自己嫌悪の念を抱きつつ、踵《きびす》を返しドアノブへと手をかけた。

「隆也」

ドアを開こうとした瞬間、聞こえてきた細い声に棚橋の胸の鼓動はどき、とやたらと大きく脈打った。振り返ろうとした彼の耳にまた、細い橘の声が響いてくる。

「……また来てくれるか」

「…………」

『また来てもいいか』――棚橋が躊躇し、どうしても口に出すことができなかった言葉を、橘の口から聞けるとは――驚きと嬉しさが入り混じり、棚橋から言葉を奪ってゆく。

「……どうかな」

それを拒絶の表れとでもとったのだろう、消え入りそうな声で尋ねてきた橘の不安に満ちた瞳は、

「来る……来させてくれ」

振り返り力強く頷いた棚橋の言葉に、再び微笑みに細められることになった。

「それじゃあ」

「いってらっしゃい」

棚橋の声も自然と弾んでしまっていた。笑顔で橋に手を振りドアを出たあとは、勢いよく階段を駆け下りひたすら署への道を急ぐ。

『いってらっしゃい』

十年前、共に暮していた頃にもよく、橋は棚橋を玄関先まで見送ってくれたのだった。懐かしい記憶が次々と棚橋の頭に浮かんでは消える。

再びこうして見《まみ》える日が来ようとは――十年前の、あの後悔に満ちた日々をやり直すチャンスを神が与えてくれたのかもしれない、と思いながら道を急ぐ棚橋は実は無神論者であったのだけれど、今日ばかりは神が与え給うたとしか思えぬ奇跡の再会に、感謝の念を抱かずにはいられなかった。

3

『ローンサクラ』の強盗犯は、自首してきたこともありすぐに送致された。

「起訴も時間の問題だろう。ややこしい事件じゃなくて本当に助かったぜ」

強盗犯が自首してきた二日後の夕方、後追い捜査を終えて無事検察に彼を引き渡したあと、棚橋と佐伯、それに御木本の三人は刑事部屋で雑談をしていた。佐伯がやれやれ、という口調で告げた言葉どおり、殺人事件の方は簡単にカタがつきそうだった。

「しかし『ローンサクラ』自体は『契情会《けいせいかい》』と組んで相当あくどい稼ぎをしていたらしいですよ。マル暴が頭抱えてました」

御木本は棚橋の指示で『ローンサクラ』と暴力団のかかわりを調べていたのだが、棚橋の読んだとおり、『ローンサクラ』の急成長の裏には暴力団との癒着《ゆちゃく》があったという。

「取立てに暴力団の組織員を使うのは勿論、サイドビジネスにも協力していたらしいです」

「サイドビジネス?」

なんだ、と棚橋が尋ねると、佐伯が横から、

「利息代わりにと、主婦を脅迫してアダルトビデオに出演させたり、サラリーマンには顧客

情報を流させたりと、結構な数の顧客の恨みを買っていたらしいぜ」

多分社員から聞き出したのだろう、後追い捜査も完璧であることを示してみせた。

「強盗犯は……なんて名だったかな……安部？　あいつは顧客じゃなかったんだよな」

棚橋の問いに、佐伯と御木本は二人して首を縦に振って答えてくれた。

「窃盗の前が三件あるが、殺しは初めてでした」

「初めてだったからビビって自首してきたんだろうが……まあ、どっちにしろ俺らの手は離れたからな」

佐伯の言葉に棚橋も「そうだな」と笑って頷く。

「そういや『ローンサクラ』、どんどん社員が辞めているそうですね」

「ああ、そうらしいな」

「最初容疑者だと思われてたあの橘さん、棚橋さんの同級生だったそうで」

御木本がそう言う横から佐伯が、

「そうそう、十年ぶりの再会だったそうじゃないか」

ドラマチックだねえ、と揶揄《やゆ》してきた。

「何がドラマチックなんだよ」

呆《あき》れた棚橋を、

「取調室での再会だなんて、サスペンスドラマみてえじゃないか」

さらに呆れさせることを言った佐伯の頭を棚橋は軽く叩いた。

「いて」

「馬鹿なこと言ってないで、調書出さねえとまた課長に嫌み言われるぜ」

「俺が書くのかよ」

たまにはお前がやってくれ、という佐伯の声を背に刑事部屋を出た棚橋がこれから向かう先は、『ドラマチック』な再会を果たした橘の部屋だった。前々日に会ったばかりであるが、また会いたいと思う気持ちが募り、さきほど電話を入れたのである。

『ああ、隆也、なに？　どうしたの？』

電話をかける前、棚橋は橘が迷惑そうな声を出したらどうしようかと彼らしくなく緊張していた。再会したその日に身体を合わせてしまったが、橘がそれを後悔しているのではないかと、棚橋は案じていたのである。

棚橋の頭には行為に対する後悔の念など一ミリもなかった。一気に十年の時が埋まるほどの橘への愛《いと》しさが胸に溢《あふ》れ、会いたいと思う気持ちを制御できない。そんな自分に戸惑いを覚えつつも、おずおずと教えられた携帯番号にかけた棚橋は、橘のなんの含みも感じられない嬉しげな声に救われる思いがした。

「いや……今晩、都合よかったら部屋に行ってもいいかなと思って」

『……勿論』

照れながら告げた棚橋に、やはり照れたような橋の声が答える。

『よかったらウチでメシ食わないか』

結構早い時間に行けそうだと言うと橋はそう誘ってくれ、棚橋は彼の言葉に甘えることにした。

駅前の百貨店で棚橋は赤ワインを購入した。昨日の朝食が洋風だったから、今日の夕食も洋食ではないかと思ったのである。

ワインの善《よ》し悪《あ》しは値段でしかわからない棚橋であるので、店の人間に適当なものを選んでもらった。ついでにとビールも購入して店を出、橋の家へと向かいながら、夕食を馳走になるからとはいえ、こんな気遣いを十年前の自分はしたことがあっただろうか、と棚橋は過去を振り返ってみた。

答えは——否だった。いくら思い出そうとしても、自分が橋に何かを『してやった』という記憶は棚橋には少しも蘇ってこない。

学生なので金がなかった、というのは理由にならなかった。同じように金がないはずの橋からは、服やら本やらCDやら、よく貰《もら》っていたような気がする。

その上彼には労働奉仕——主に家事であるが——までしてもらっていたのだった、と棚橋は過去の自分のあまりの不遜《ふそん》さに溜め息をついた。

してもらって当然と思っていたわけではあるまい。感謝の気持ちも抱いていたに違いないのだけれど、それを言葉や態度で橘に示していたかと問われると、とてもそれができていたとは思えなかった。

よくもまあ、そんな自分に何年もつき合ってくれたものだと思うと同時に、今更のように橘への申し訳なさが募ってくる。

こうして思わぬ再会を果たせたのも、過去の己を反省しろという天の配剤か、などと思いつつ、棚橋は駅の反対側にある橘のマンションへと急いだ。

「いらっしゃい」

インターホンを押すと、橘はすぐドアを開けてくれた。

「これ」

「へえ」

ワインを差し出すと橘は心底驚いた顔をしたあと、悪戯っぽい笑いを浮かべた。

「手土産《みやげ》を持ってくるなんて、隆也も大人になったね」

「うるせえ」

悪態はついたものの、棚橋の胸に燻《くすぶ》っていた罪悪感がむくりと頭を擡《もた》げてくる。

「へえ、イタリアワインか。これ、俺も好きなんだ」

「洒落《しゃれ》た趣味、持つようになったんだな」

どうぞ、と招かれてリビングに入ると、すでにテーブルの上に食事の支度ができていた。

ワインより焼酎《しょうちゅう》か日本酒が相応《ふさわ》しかったかと思う、鍋《なべ》料理である。

「趣味というほど詳しくはないよ。偶然知ってる銘柄だったってだけで」

「銘柄を知ってるだけで充分詳しい。一体誰と飲んだんだか」

ほんの軽口のつもりであったはずであるのに、その言葉が口をついて出た途端、やたらと探るような口調になってしまったことに棚橋は半ば慌て、半ば苦笑した。

「……職場の人間とだよ。さあ、始めるか」

橘は一瞬何か言いたげな様子をしたが、すぐ笑顔になると、そう言いキッチンへと消えた。

「ビール買ってきたぞ」

「サンクス。座っててくれ」

最後の仕上げをしているらしい橘の声がキッチンから響いたと同時に、インターホンの音が室内に鳴り響いた。

「出るか?」

「いや、いいよ」

橘が走り出してきて受話器を取り上げる。

「はい……ああ、なんだ」

安堵したように息を吐いた彼が玄関へと向かっていくのを、棚橋は見るともなしに見つめていた。ドアの向こうにいたのは、見覚えがあるようなないような若い男で、橘がドアを開いたと同時に無言で部屋に入ってきた。

「鍵、持ってなかったのか」

橘の問いかけにひとことも答えず、玄関の入り口近い部屋に男——青年と少年の狭間《はざま》にいるように見える、顔立ちの整った若い男だった——は消え、カチャ、と鍵をかける音がドア越しに響いてきた。

「佑治《ゆうじ》」

橘は軽くドアをトン、と叩いたが、室内からはなんの反応もなかった。

「…………」

もう一度、ドアを拳で叩いたあと、橘はその様子を見ていた棚橋へと笑顔を向けた。

「食べようか」

「……ああ」

棚橋が頷くのを待たずしてドアの前を離れた橘がまたキッチンへと向かってゆく。

『佑治』というのは確か、橘の弟の名だったと棚橋が思い出した頃に、大皿に切った野菜を載せた橘が現れた。

「お前とメシ食うなんて久しぶりだから、何を作ろうかさんざん悩んだんだけど、結局こんな簡単なモノになってしまったよ」

照れたように笑った橘が電磁調理器のスイッチを入れる。

「ワインが来るとわかってたら、肉でも焼いたんだけど」

野菜を入れたあと、棚橋が買ってきたビールを手に取りプルタブを上げる。弟の存在をまるで忘れてしまったかのような橘の態度に棚橋は違和感を覚え、思わず彼に問いかけてしまった。

「いいのか？」

「なに？」

乾杯、とビールの缶をぶつけてきた橘が綺麗な瞳を見開いて尋ね返す。

「いや、今帰ってきたの、弟さんじゃないのか」

「よく覚えてたね」

『いいのか』という棚橋の問いには答えず、橘はまた瞳を見開いて驚いてみせたあと、

「ああ、この間、弟と住んでると言ったんだっけ」

と納得したように笑った。

「大きくなったもんだ。それこそ十年ぶりじゃきかないや」

「長野にいる頃だものね。まだ幼稚園……いや、さすがに小学生にはなってたか」

懐かしそうに目を細めた橘だが、棚橋が、

「一緒に食わないのか」

と尋ねたのには、「いや」と首を横に振った。

「どうして」

棚橋が問いかけた傍からドアの開く音がし、足音が玄関へと向かっていった。

「おい？」

「着替えを取りに来ただけなんだよ。今、ほとんど友達の家に入り浸ってる」

見送るでもなく淡々と橋がそう言っている間に、玄関のドアが閉まる音がした。

「……立ち入ったことを聞くが、何かあんのか？」

橘と弟は七歳違いであったが、仲のいい兄弟であったという記憶が棚橋にはあった。上京したあとには、ほとんど顔を合わせた記憶はないが、地元に——長野にいた頃には、棚橋が橘の家に遊びに行くと、「お兄ちゃん、お兄ちゃん」と彼にまとわりついていたのを棚橋はよく覚えていた。

「別に何も。佑治はもうすぐおふくろのいる神戸に帰るからね。こっちでの友達と最後に遊びまわりたいらしい」

「………」

とても『何もない』というようには見えなかったが、橘がそう言うということは、それこそ『立ち入ったこと』を尋ねてしまったのだろう。棚橋は心の中で頷くと、それからは彼の弟の話題には一切触れぬことにした。

食事が終わったあと、橘は棚橋をソファへと導いた。いわゆる『ラブチェア』に二人並んで腰かけ、残ったワインを傾けながら、ぽつぽつと二人の会話は続いていった。

「また就職活動をしなければいけない」

棚橋の胸に凭《もた》れかかり、橘がワインのグラスを空ける。露《あら》わになった白い喉に棚橋の視線は引き寄せられたが、すぐに我に返ると、橘にワインを注《つ》ぎ足してやった。

「サンクス」

「なんだ、お前も『ローンサクラ』を辞めたのか」

自分のグラスにもワインを注ぎながら棚橋が問いかけると、橘は「ああ」と頷きまた一気に近いスピードでワインを空けた。

「退職金などないにも等しかったけど、いつまで会社がもつかわからなかったしね。早めに見切りをつけたんだ」

「まあ、正解だったな。暴力団も絡んでいたらしいし」

もともと橘はそれほど酒に強い方ではない。なのにこのピッチの速さはどうしたことかと思いつつ、棚橋はまた彼にワインを注ぎ足してやった。

「……暴力団か……」

次第に橘の目がとろんとしてくる。男にしては色白の頬が今、酔いで真っ赤に染まっているさまは、とても棚橋と同じ三十過ぎには見えなかった。

「ずいぶんヤバいことをしているという噂はあったんだけれど、社員には一切知らせなかったな。帳簿も自分でつけてた……もう隆也は知ってるかもしれないけどね」

「そういやそんなことを言ってたな」

御木本が社員に聞き込んだところ、経理担当はいるにはいるが、内情をあまりにも知らなくてびっくりした、と心底驚いていたのを思い出しながら答えている間に、もう橘は注いでやったワインを飲み干していた。

「おい、飲みすぎだろう」

「……隆也は飲みが足りない」

くすくす笑いながらボトルに手を伸ばしてくるのを制し、棚橋はまた橘のグラスにワインを注いでやった。

「ありがとう」

橘が笑って一気に飲み干そうとする手を摑んでやめさせる。

「なに？」

「……いや……」

目の縁が薔薇色に染まっている、潤んだ瞳に魅入られそうになるのを咳払《せきばら》いして踏みとどまったと同時に、胸に芽生えた何か話さなければという強迫観念に追い立てられるようにして棚橋は話を続けた。

「弟は……佑治は神戸に帰るって言ってたが、お前はどうするんだ」

「俺は残るよ。コッチで何か仕事を探す……スキルがないだけに辛いけど」

橘が己の手を押さえる棚橋の手を退《ど》けさせ、ごく、と一口ワインを飲んだ。

「そうか」

「安心した？」

くすくす笑いながらグラスに口をつける橘の手を、再び棚橋が掴む。

「隆也？」

「……やろうぜ」

我ながらストレートすぎるかと思わないでもない誘いの言葉に、橘がワインを吹いた。

「笑わせるなよ」

口の周りを手の甲で拭《ぬぐ》う彼の手からグラスを取り上げ、棚橋はそれをテーブルへと下ろすとラブチェアに彼を押し倒す。

「……欲情したのか」

「……うん」

きらきらと煌《きらめ》く瞳に見上げられ、棚橋はつい頷いてしまったが、行為のきっかけは『欲情』とは別のところにあった。

なんというか——何かから逃れようとでもしている橘の飲みっぷりを、見ていられなくなったのである。

「……ふうん」

橘は小さく息を吐くと、両手を棚橋の首へと回してきた。ぐい、と引き寄せられるがままに身体を落とし、唇を塞ぐ。

「……んんっ……」

アルコールの匂《にお》いが棚橋の鼻腔を擽る。シャツのボタンを外し、発熱しているかのような熱い肌に触れたときにはもう、棚橋の身体は自身の『欲情』に支配されてしまっていた。

「……あっ……ぁあっ……」

もどかしげに身体を捩《よじ》る橘の首筋にむしゃぶりついていきながらふと目を上げると、橘の潤んだ瞳と目が合った。

「……やっ……」

途端に橘が棚橋の首筋にしがみついてきたのは恥じらいからだったのか——ちらと芽生えた疑念はあっという間に滾《たぎ》る欲望の中に呑み込まれてしまったのだが、なぜか棚橋の脳裏にはじっと己を見下ろしていた橘の瞳の幻がずいぶん長いこと残っていた。

ソファでは狭いとベッドに移動すると、まるでこの十年の時を埋めようとでもするかのように橘は棚橋を求め、棚橋も橘の身体に溺《おぼ》れ込んだ。

十代の頃よりもよほど濃厚で長時間にわたるセックスをしたあと、棚橋は疲れて眠る橘を胸に抱きながら、彼の白く小さな顔を見下ろした。

目を閉じていると橘の顔にはあどけなさが生まれる。これが三十男の顔だと誰が信じるだろうと思いつつそっと頬に触れると、

「……ん……」

紅い唇が小さく息を漏らし、棚橋の胸に新たな劣情を呼び起こした。

「……キリがない」

恋人と呼べる女と別れたのが二年前のこと、それ以降性的には非常に淡白に過ごしてきた——単に仕事に追いまくられていたというだけかもしれないが——棚橋は、自身の貪欲《どんよく》な欲望に驚きを感じていた。

ひどく疲れているときなどにはやみくもに女が欲しくなることは今までもあったが、そういう衝動的なものではなく、この腕の中で眠る彼——橘をここまで欲している自分がなんだか信じられない思いがする。

欲望というよりは——愛か。

心の中で呟いただけであるのに、自分の考えた言葉に棚橋は一人赤面した。

愛——この十年、常に何かが欠けているような気がしていた。

熱意をもって志したはずの警察では、キャリア同士の醜い足の引っ張り合いに嫌気がさしてしまった。刑事の仕事は嫌いではないが、同僚たちが皆感じている、犯人逮捕のあとの達成感はまるでない。

日々の仕事に追われているうちにあっという間に時は流れ、年齢《とし》を重ねてきてしまっているが、心の底から熱くなったことはここ数年――いや、十年以上、なかったのではないかと思う。

だが今は――。

「……隆也……」

小さく名を呼ばれ、棚橋はしばしの思索から戻った。

「なに？」

橘の顔を覗き込んだが、どうやら寝言だったらしく、彼が口を開く気配はない。

「……愛、か」

口に出すとますます照れくささが募り、棚橋は慌てて橘の顔をそっとまた覗き込んだ。聞かれでもしたら恥ずかしいと思ったからだ。

棚橋の心配は杞憂に終わり、橘は本格的に寝始めてしまったようだった。

「……おやすみ」

額に唇を押し当てるようなキスをし、手を伸ばして上掛けを肩の上までかけてやる。意識はないものの温かさに安らぎを覚えたのか、棚橋の胸に頬を寄せてきた橋の背を抱き締めながら、どうして十年前、己の胸にこの愛しさは芽生えなかったのだろうという今更の疑問に首を傾げているうちに棚橋も眠ってしまったようだった。

その日から棚橋はほぼ一日おきに橋の部屋を訪れるようになった。部屋を訪ねた日は必ず泊まって、翌朝橋の家から署に出向く。

「女でもできたか」

佐伯がからかうのも当然といえば当然で、それまでアイロンとは無縁だった棚橋の衣服はきちんとプレスされ、彼のデフォルトだった無精髭やぼさぼさ頭も影を潜めていた。

「このくそ忙しいのに、どこで女を見つけるんだか、教えて欲しいもんだよ」

しつこく絡んでくる佐伯を、

「捜査中にだよ」

とかわした棚橋が、実は真実を語っていることに気づく者はいなかった。

景気の悪さと事件の発生率は比例するとの言葉どおり、相変わらず棚橋は刑事課で慌《あわただ》しい毎日を送っていた。

事件は次から次へと起こり、いくつも並行して捜査にあたらざるを得なくなる。棚橋の頭から、すでに送検した『ローンサクラ』の事件のことが消えてしまったのもまた、無理のない話であった。

その日も別件で靴底をすり減らして捜査にあたっていたのだが、夕方刑事課へと戻ると、難しい顔をした近藤課長の周囲に、佐伯や御木本をはじめ、捜査員たちが集まっていた。

「……どうした」

末席にいた御木本に囁くと、御木本は棚橋の耳もとに口を寄せ、

「検察から再捜査の命令があったんですよ」

こそこそとそう教えてくれた。

「再捜査？　なんの件だ」

送検した刑事に責任を問える場合は、近藤課長はそれこそその刑事を罵倒《ばとう》して溜飲《りゅういん》を下げるであろうに、それをしていないところをみると——と棚橋はここ一週間で検察に送った事件をざっと頭の中で思い返してみたが、そのときにも『ローンサクラ』の名はすっかり抜け落ちていた。

「『ローンサクラ』ですよ。あの、犯人が自首してきた……」

「あれなら後追い捜査もみっちりやっただろうに」

意外な事件を言われ、驚きの声を上げたのが近藤課長の耳に入ったらしい。ぎろりと凶悪

な目が棚橋へと向いたかと思うと、

「棚橋、遅いじゃねえか！　今までどこウロついてやがった」

いきなり罵声が飛んできて、棚橋の肩を竦めさせた。

「駅前のアパートの放火殺人の聞き込みですが」

「そりゃもう、送致もすんだだろう。明日からお前と佐伯、それに御木本、田中で『ローンサクラ』に貼りつけよ！」

本当にむしゃくしゃするぜ、と悪態をつきながら近藤課長は鞄《かばん》を持って立ち上がり、刑事部屋を出ていってしまった。

「こんな日くらい残業してもいいんじゃねえか」

バタン、とドアが閉まったあと、佐伯がやれやれ、と溜め息をつきながら棚橋へと近づいてくる。

「どういうことだ？　犯人は自首してきたんだろう？」

「ああ。俺が事情聴取したよ」

顰めっ面をして頷いた佐伯に、棚橋はいつものように軽口を叩いた。

「ああ、強面《こわもて》の刑事さんに無理やり自白をとられましたーって、検事の前で供述をひっくり返したとか？」

「誰が強面だって？　武蔵野署一の優男を捕まえて」

「一番は僕にください」

調子に乗った御木本が横からツッコミを入れてきたのを、軽く頭を叩いて佐伯はいなすと、

「そうじゃねえんだよ。解剖所見と供述が食い違っているんだってよ」

まったくもう、と肩を竦めてみせた。

「どういうことだ?」

棚橋の問いに佐伯は、

「だからさ」

と、説明を始めた。

「犯人の安部は確かに殺したことは認めてるんだ。金を盗ろうとしたところを見つかって、騒ぎ立てられたもんだから近くにあったクリスタルの灰皿で思わず殴ってしまったってな」

「解剖所見でも、死因は前頭部を強打されたためと書いてあったじゃねえか」

棚橋は記憶力がいい方で、一度見た解剖所見やら調書やらはたいていい頭に入っている。『ローンサクラ』の事件は、当初橋が関係していたために他の事件よりも注意深くそれらの書類を読んだこともあり、その分記憶もより鮮明だった。

「そのとおりなんだが、問題は回数なんだな」

「回数?」

鸚鵡《おうむ》返しにした棚橋に、相変わらず顰めっ面の佐伯が頷いてみせる。

「ああ、安部はガイシャの頭を一回しか殴ってないと言ってるらしい。だが解剖所見だと三、四回は殴ったことになってるんだわ。それで検事が俄然《がぜん》張り切ってよ」

「小姑《こじゅうと》みたいな男ですからね。何かというとすぐいちゃもんつけてくる」

尻馬に乗り悪口を言う御木本の頭を、佐伯はまた軽く叩いた。

「痛」

「おかげで明日から再捜査だ。事件当日の聞き込みと、社長に怨恨《えんこん》があった者のピックアップだと」

「契情会の方はどうなんだ?」

そういうことか、と頷いたときにはもう、棚橋の頭は明日からの捜査に切り替わっていた。面倒を厭《いと》うてはならないという捜査の鉄則が棚橋には骨の髄まで染み込んでいるのである。

「ああ、大屋敷社長の悪行がぽつぽつ挙がってきている。債務者に無理やりAV出演させたり、売春させたりしていたんだと」

「そういやそんな話だったな」

佐伯からかつてその話を聞いたのだったと頷いた棚橋の横で、御木本が、

「恨んでいる人間は相当数いそうだと、社員たちも言ってましたからね」

後追い捜査をしたときに仕入れたらしき情報を口にした。

「その社員だが、だいぶ辞めていると思う」

棚橋が橋から聞いた話を告げると、佐伯と御木本がはっとした顔になった。

「そういやお前、関係者と知り合いだったんだよな」

「ああ？」

基本的に友人知人が関与している場合、捜査から外れるのが刑事課の定石となっている。

どうしようかなと顔を見合わせた二人に、

「大丈夫だ。俺の知り合いは退職している」

棚橋はそう言ったが、佐伯の眉間《みけん》の皺《しわ》は解かれなかった。

「……まあ、課長には俺が言うわ。お前は別件を追ってくれ」

「お前が言うなら」

簡単に引き下がった棚橋に、佐伯はあからさまにほっとした顔になった。

「悪いな。別にお前の『お友達』を疑ってるわけじゃねえよ」

「別に気にしてねえぜ」

安部が自首するまで、橋は最も容疑者に近いところにいた。再捜査となった場合、彼が一番に調べられるのだろう。棚橋がそれを勘づかないわけがないと先回りをして詫びた佐伯に笑顔を返すと、

「それじゃ、あとは頼んだ」

帰るわ、と棚橋は彼らに手を上げ刑事部屋を出た。

今夜も棚橋は橘の部屋を訪れる予定にしていた。最近は手土産も持参しなくなっていたことに気づいて百貨店の地下のリカーショップに寄り、何を買おうかと売り場をうろつきながら、棚橋はなぜか自分が苛立《いらだ》ちを感じていることに気づいた。

その苛立ちが何に起因するものか——己の心理分析をするほど馬鹿げたことはないか、と棚橋は気持ちを切り替え、今日飲むワインを二本購入した。橘が最も好む酒はどうやらワインであるらしいとわかったからである。

橘か——彼の周辺を刑事たちが、それこそ佐伯や御木本が洗い始めたら、すぐに自分の名も出るのだろうなと思ったとき、棚橋は思わず笑ってしまった。佐伯たちはきっと鳩《はと》が豆鉄砲を食らったような顔になるに違いない。

まあどちらにしろ、橘にはすでに関係のない話だ、と棚橋はそこで思考を切り上げると、料理を作って待ってくれているであろう橘のマンションを目指し足を速めた。

4

『ローンサクラ』の大屋敷社長殺害の再捜査は暗礁に乗り上げているらしい。そのことを棚橋は、佐伯に誘われて飲みに行った席で聞かされた彼の愚痴から知った。

「怨恨《えんこん》を持つ者が多すぎる。それもまあ、氷山の一角だろうと言われてるんだが」

「大屋敷ってのはどんな男だったんだ?」

捜査を外れたこともあり、詳しい情報を棚橋はまるで知らなかった。橋との間でも『ローンサクラ』の話はまったくといっていいほど出ない。

それほど大人数の人間に恨みを持たれているという被害者に棚橋は純粋に興味を覚えたのだった。

「なんつうか……バブル期によくいた、成り上がりって感じかなあ」

「バブルも崩壊して久しいというのに、景気がいいな」

現場で一度見た被害者の顔を思い浮かべながら相槌《あいづち》を打った棚橋に、

「それだけあくどいことをやってきたってことだろ」

佐伯は顔を顰《しか》めると、追加の焼酎《しょうちゅう》を注文した。

「俺もお湯割り。梅干入れて」

「俺は水割りレモンで」

それぞれの酒が来たあと、

「そういやさ」

と佐伯は何を思い出したのか、にたり、といやらしい笑みを浮かべて棚橋の顔を覗《のぞ》き込んできた。

「なによ」

「マル暴から仕入れたネタなんだが、大屋敷社長は筋金入りのホモだったらしい」

「……へえ」

『ホモ』という単語にドキッとする自分に苦笑しつつ、社長の性的指向が事件に関係あるのかと棚橋は、酔って口がずいぶん軽くなっているらしい佐伯の話に耳を傾けた。

「相当なスキモノらしくてよ、よく二丁目で若い男を漁《あさ》ってたんだってよ。まあ、金があるし見てくれもいいしで、ひっかかる男は結構いたそうなんだが」

「……結構なことじゃねえか。需要と供給が合致してるってことだろう?」

やはり単なるゴシップか、と棚橋は興味を失ったのだが、佐伯は「いやいや」と大仰に首を横に振ると、

「それだけならまあ、俺もここで話題にゃ出さねえよ」

ずい、と酔った顔を棚橋へと近づけ、酒臭い息を吐き出した。

「それだけじゃねえのか？」

「おお、その上社長はひどい飽き性でな、飽きるとすぐポイしちまうんだが、その捨て方が非道でよ」

「非道？」

佐伯が教えてくれた大屋敷の『非道』っぷりは、問い返した棚橋の想像をはるかに超えるものだった。

「さんざんもてあそんだあとは、例の『契情会』に下ろしてたんだってよ。最近、ＡＶは男女モノだけじゃなく、男同士のも結構需要があるそうでな、『本番』とか『実況』とかを売り物に、本当に構成員に輪姦《りんかん》させているシーンをビデオにとって、販売していたそうだ」

「そりゃ酷《ひど》いな」

思わず顔を顰めた棚橋に、

「そうなんだよ。大屋敷がまたえらい面食いらしくてさ、その上、素人好みらしいんだな。だから奴に声かけられる男の子たちはスレてないカワイ子ちゃんが多い。よってポイされてビデオに出るのも美形ぞろいだって、ギョーカイじゃ有名らしい。『大屋敷レーベル』で通ってるんだってよ」

「大屋敷もクズだが買う奴らもクズだな」

「まったく。ビデオの出演者にはいたいけな高校生もいたらしいぜ。今、押収したビデオをマル暴と手分けしてチェックしてるんだが、可哀想《かわいそう》で見てられないね」

「……そこでも恨みを買ってたってわけか」

なるほど、と棚橋は頷《うなず》きはしたが、捜査を外された彼にとっては単なる噂《うわさ》話の一つでしかなかった。

なので翌日、棚橋は当直だったのだが、深夜に第一会議室で御木本がビデオを観ているのを見かけるまで、佐伯の話を彼はすっかり忘れていた。

「あ、お疲れです」

目をしょぼしょぼさせながら御木本が、

「あと三十本もあるんですよ」

と泣き言を言ってきたのに、

「お疲れだな」

その背を叩《たた》いて激励してやった棚橋は、見るともなしに画面に目をやった。

「酷いでしょう?　これ、マジでやってますよね」

御木本はそう言うと、棚橋のためにボリュームを上げた。何本観たのか知らないが、すでに彼は食傷気味らしく音声を絞っていたようだ。

『いやーっ』

絶叫が室内に響き渡る。テレビ画面の中では今まさに、一人の少年——と青年の中間くらいにみえる、若い男が三人の男に押さえつけられ、服を剝《は》ぎ取られようとしていた。

「これが演技だったらアカデミー賞取れますよ」

「確かにな」

画面の中で男の顔は恐怖に引き攣《つ》っていた。それゆえ顔立ちははっきりとはわからないが、確かに綺麗《きれい》な顔をしているようである。

「…………」

彼を襲う男たちは皆、マスクで顔を隠していたが、襲われる方の男の顔にはボカシの一つも入っていなかった。ずっと喚《わめ》いたり叫んだりしてはいたが、それでも男の顔は観賞に堪えうるほど整っていた。

『やめてーっ！　助けてっ！　誰《だれ》かっ！　誰かっ！』

いよいよ若い男の衣服はすべて剝ぎ取られ、いわゆる『大股開《おおまた》き』の格好を画面に向かって取らされている。モザイクも何も入っていないこのビデオの流通は地下に限られているのだろう。萎《な》えた性器に一人の男の手が伸び、ゆるゆると扱《しご》き上げ始める。

「……こんなのをもう、今日だけで十本以上観てるんですよ」

カンベンして欲しいですと泣き言を言う御木本の背を、「まあまあ」と叩いてやろうとした棚橋の手が止まった。

「棚橋さん？」

『あっ……あぁっ……やだっ……やっ……』

手淫《しゅいん》に身悶《みもだ》え始めた男の顔が大写しになった画面に、棚橋の目が釘《くぎ》づけになる。

「どうしました？」

「……いや……」

明らかに顔色を変えた棚橋を前に、御木本も緊張したらしい。問いかける声の硬さに、棚橋ははっと我に返った。

「いや、なんでも……」

「……まさか、お知り合いですか？」

御木本はなかなか勘の鋭いところがあり、ボケもかますが着眼もいいと棚橋は結構彼のことを買っていた。その鋭いところを遺憾なく発揮している御木本の問いかけに、棚橋は、

「まあな」

と答えたあと、机の上に散乱していたＤＶＤのケースを手に取った。

「それです。今、流れている画像は」

「……そうか」

ＤＶＤのパッケージには襲われていた男の顔写真が映っていた。いつ撮ったものか、カメラに笑顔を向けている。

「…………」

じっとその写真に見入っていた棚橋に、御木本はもう一度、

「お知り合いですか」

静かにそう声をかけた。

「……わからねえ……似てはいるんだが」

「どこの誰です？」

「…………」

御木本の問いに棚橋はまた口を閉ざす。

「棚橋さん」

「ちょっと確かめさせてくれ」

棚橋は机の上に放られていたリモコンを手に取るとビデオを消し、ディスクをデッキから取り出した。

「確かめるって？」

御木本はよく言えば規律への意識が高く、悪く言えば融通がきかない男だった。ナイスガイではあるのだが、ルール遵守が彼の基本理念にあるのがたまに棚橋の鼻につくこともあった。

「知り合いの弟に似ている。本人かどうか、確かめたいんだよ」

「……マズいですよ、棚橋さん、この捜査から外れてるんだし」

今頃思い出したのかというようなことを言い出した御木本に、

「捜査にゃ口を出さないよ」

棚橋はそう言うと強引にＤＶＤを持ち出してしまった。

「棚橋さん」

「ちゃんと報告すっから」

情けない声を出した御木本に言い捨て当直室へと向かう棚橋の顔は厳しかった。脳裏には今まで画面で見ていた泣き叫ぶ男の顔が焼きついていて、それが彼の表情を強張《こわば》らせていたのである。

画面に映っていたのは——橘の弟、佑治だった。

成長した佑治の顔を、棚橋は一度だけ、しかもちらっと見たきりではあったが、人の顔を覚えることには長《た》けているという自負がある。間違いではなかろうという自信はあったが、今回ばかりはその自信が揺らいではくれまいかと棚橋は心の底から思っていた。

よく似た男であってくれればいい——いくらそう思おうとしても、橘の家で見た佑治の顔が、まざまざと棚橋の脳裏に蘇り、棚橋をいたたまれない思いへと追い込んでゆく。

本当にあれは佑治なのか——もしも佑治であるのなら、このことを橘は知っているのだろうか。

『佑治はもうすぐおふくろのいる神戸に帰るからね』

口をきこうともしない弟を、放置していた橘の姿が棚橋の頭に浮かぶ。

橘と弟の関係は、棚橋の目には不自然に映ったが、何せ十年間彼らと――弟の佑治と会ったのは彼がまだ小学生の頃である――交流が絶えていただけに、何かあったと言い切ることはできないでいた。

確かめるか――そう言って無理やり御木本からDVDを取り上げたにもかかわらず、棚橋はその術《すべ》を一つも思いつかなかった。その夜の当直は特に一一〇番通報に起こされることもなかったが、結局棚橋は一睡もできぬままに朝を迎えることになった。


翌朝、棚橋は早々に署を出た。御木本は多分、DVDのことを佐伯に相談するに違いないと踏んでいたので、彼らが出署するより前に姿を消そうと思ったのである。

当初棚橋は真《ま》っ直《す》ぐに橘の家に向かうつもりだったが、今一度ビデオの中身を確かめたくなり家に戻ることにした。確かめるのなら橘にDVDを見せればいいと頭ではわかっていたが、棚橋にはどうにもそのふんぎりがつかなかった。

橘の家が綺麗に整理整頓されているのとは対照的といってもいいほど、棚橋の一人暮しの部屋は荒れていた。もともと無精なところにもってきて、最近では橘の家に入り浸っているものだから片づける暇がないのである。

早朝ではあったが棚橋は冷蔵庫から缶ビールと六ピースのチーズを取り出すと、それを手にデッキの前に座った。DVDなど観る暇はないために埃《ほこり》の積もっているデッキの入り口を指で拭《ぬぐ》い、棚橋は持ち帰ったディスクを入れて再生を始めた。

『いやだーっ……あっあっ』

いきなり始まった画像は、佑治——と思われる若い男が、チンピラたちの手淫に身悶えているシーンだった。

『ちっとも嫌がってねえじゃねえか、なあ』

『本当だぜ』

男たちが嘲笑《ちょうしょう》する声が響いている。

『あっ』

ぶるっと彼の身体《からだ》が震えたと同時に、握られていたその先端から白濁した液が飛び散り、彼の腹を濡《ぬ》らした。

『いやだ……はなせっ』

男たちの手が伸びてきて、強引に佑治の身体をうつぶせにする。カメラがハンディタイプのものに切り替わり、無理やりに腰を上げさせられた佑治の尻《しり》を舐《な》めるように映し始めた。

『ああっ……』

双丘を掴《つか》み、押し広げられたそこをカメラのレンズが犯すように映してゆく。やがてジジ、とファスナーの下りる音が響いたと同時にまたカメラが固定のものに切り替わり、画面には今まさに、男に陵辱《りょうじょく》されようとしている佑治の姿が映った。

「………」

たまらず棚橋は『停止』ボタンを押した。画面はぱっと若い女性アナウンサーの笑顔に切り替わる。そのままテレビのスイッチを切り、棚橋はプルタブを上げたまま口をつけるのを忘れていたビールを一気に飲んだ。

ビデオに映っていた男は佑治に間違いなさそうだった。昨夜の時点で確信してはいたものの、見間違いかもしれないという棚橋の微《かす》かな期待は夢と消えた。

さてこれからどうするか――DVDを持って橘の家を訪ねるべきか、それとも佑治にコンタクトをとり、本人に確かめるべきかと棚橋はビールを飲みながら考えをまとめようとしたが、少しも集中できなかった。

あたってくだけるしかないか、と棚橋は飲みさしのビールを一気に空けると、手の中で缶を潰《つぶ》しながら立ち上がった。ビデオを持っていこうかどうしようか迷ったが、証拠をつきつける印象を与えるかもしれないと思ってやめにした。

佑治とコンタクトをとるにも、居場所は橘に聞かなければわからない。橘にそれとなくあたって、弟のビデオ出演を知っているようなら突っ込んだ問いかけをしてみるか——橘の家が見えてくる頃、ようやく定まった方向性を胸に棚橋はインターホンを押した。

『はい』

「俺だ」

新しい就職先を探していると言いながら、橘はほとんど家にいた。あまり真剣に就職活動をしていない様子に、棚橋はその理由を尋ねたことがあったのだが、橘の答えは「なんだかやる気が出なくてね」という曖昧《あいまい》なもので、きっちりした性格の彼らしくないなと首を傾《かし》げたことを棚橋は今更のように思い出した。

ぱたぱたと室内を駆けてくる足音がした直後にドアが開く。

「どうしたの」

出かけるわけではないのに、常に橘はきちんとした服装をしていた。アイロンのきいた白いシャツが眩《まぶ》しいと目を細めた棚橋を見て、通常より早い訪問理由を尋ねた橘は自分で答えをみつけたらしい。

「ああ、当直明け？」

「うん」

「お疲れ。朝飯は？　まだなら作るけど」

棚橋を招き入れたあと先に立ってリビングへと向かう。いつもとまったく変わらぬその様子を前に、棚橋の中でここへ来た本来の目的をいかに彼に問い質《ただ》すべきかという、新たな逡巡《しゅんじゅん》が生まれていた。

「メシどうする？　すぐ寝たそうな顔してるけど」

あまり喋《しゃべ》っていないからか、橘は棚橋が眠いのだと思ったようだ。

「いや、食う」

「そう」

問われて空腹を意識した棚橋が頷くと、橘は「座ってて」と笑い、キッチンへと消えた。

間もなく美味《うま》そうな味噌《みそ》汁の匂《にお》いが漂ってくる。棚橋の空腹感がピークに達した頃、

「お待たせ」

朝から一汁三菜という手の込んだ朝食を盆に載せた橘がキッチンから現れ、棚橋の前に皿を並べた。

「なんだ、お前も食ってなかったのか」

「うん」

食事は二人分あった。時刻は九時を軽く回っている。起きたばかりには見えないがと顔を見やった棚橋に橘は、

「なんだか一人だと食う気がしなくてね」

彼がよく見せるあの、儚《はかな》げな微笑を浮かべて箸《はし》をとった。

「食えよ。食わねえからそんなに痩《や》せてんじゃねえのか」

「お前に言われたくないよ……ああ、痩せてるって意味じゃなく」

「うるせえ。そろそろ中年太りが始まったとでも言いたいのかよ」

「ふふ、なんだ、自覚があるのか。腹のあたりがヤバいとか？」

食事をとりながらぽんぽんと軽快に会話が続いてゆく。中身があるようでまるでないこの種の会話が交わされるのは、二人の間ではいつものことなのだが、今日にかぎっては橘が、どこか無理をしているように棚橋には感じられた。

「風呂《ふろ》にでも入って寝れば」

あっという間に食事を平らげた棚橋に、橘はそう言いながら立ち上がろうとした。風呂の支度をしてくれようとしているらしい彼に、ようやく棚橋は、話を始める決意を固めた。

「その前に聞きたいことがあるんだが」

「聞きたいこと？」

なに、と再び腰を下ろした橘が真っ直ぐに棚橋を見据えてくる。その様子がまるで虚勢を張っているように見えてしまうのは気のせいだろうかと思いつつ、棚橋はまず何から聞こうかと一瞬考えを巡らせ、やがて口を開いた。

「お前の弟のことなんだが」

「佑治の？」

橘の視線は一ミリも動かない。じっと己の瞳を見つめてくる彼の、同世代の男には似つかわしくない大きな瞳に思わず惹《ひ》き込まれそうになりながら、棚橋は問いを重ねた。

「今、どこにいるんだ?」

「さあ……二日ばかりウチには帰ってきてないけど……まあ、いつものことだからね」

苦笑した橘の顔には動揺は表れていなかった。

「でもなんで突然佑治の居場所なんか? ああ、もしかして隆也、この間のことを気にしてるのか?」

「……いや、まあ、そんなところだ」

動揺どころか屈託なく弟の話題を続けようとする橘を前に、棚橋の方が動揺してしまっていた。

「年が離れてるせいで甘やかしてしまった俺もよくないんだけど、あいつが大学出たというのにいつまでもふらふらしてるものだから、ついつい兄としては意見してしまうんだよね。耳に痛い意見は聞きたくないと反抗してさ、去年からずっと冷戦状態なんだよ」

「……へえ」

他に相槌の打ちようがなく頷いた棚橋に、橘は溜め息交じりに愚痴とも言い訳ともつかない話を延々と続けていった。

「さすがにここにきて親から雷が落ちてね、それで来週実家に戻ることになったんだ。母親が頭を下げまくってようやく就職口を見つけたらしい。いい年をして、まだ親がかりかと思うと、恥ずかしいやら情けないやらでね」

「……まあ、最近の若者はそういう傾向が強いのかもしれねえな」

「『最近の若者』って、なんだかオヤジ丸出しだな」

あはは、と笑った橘が席を立つ。

「風呂、入るだろ？」

「……ああ」

棚橋が頷くのを待たずして部屋を出てゆく橘の華奢な背中を見つめながら、棚橋は一人首を傾げた。

知らないのだろうか――弟が強姦されたビデオが世に出まわっていることを彼が知っているようにはとても見えなかった。だが同居している弟と自分の勤め先の社長とのかかわりを知らないというのは、改めて考えると不自然な気もする。

いや、待てよ――と、棚橋は佐伯から聞いた、大屋敷の話を思い起こした。

大屋敷は新宿二丁目で好みの男の子を捜していたらしい。もし佑治にもその手の趣味があり、出会いを求めて二丁目に通っていたとすると、兄の介在なく社長との関係が生まれた、という可能性はないでもない。

「………」

確率論からいうと比べものにならぬほどに低いその『可能性』にしがみつこうとしている自分に気づき、棚橋が溜め息をついたそのとき、

「風呂、どうぞ」

再びリビングに入ってきた橘が声をかけてきて、棚橋を思考から呼び戻した。

「どうも」

「お疲れ様です」

礼を言い浴室へと向かう棚橋のあとから、橘が当然のようについてくる。

「……おい？」

脱衣をする洗面所にまで一緒に入ってきた彼に棚橋が戸惑《とまど》いの声を上げると、橘は少し照れたような顔をして笑い、思いもかけない言葉を告げた。

「一緒に入ろう」

「………………」

冗談かそれとも本気なのかと一瞬絶句した棚橋の前で、橘の白皙《はくせき》の頬《ほお》が赤く染まってゆく。

「……拒否するのもアリだけど」

「……するわけねえだろ」

ぼそ、と告げた橘に、やはりぼそりと答えた棚橋は服を脱ぎ始めて了解の意を伝えた。橘も赤い顔のまま服を脱ぎ始める。

「…しかしどういう風の吹き流しだ」

「それを言うなら吹き回し」

「わかってる」

軽口を叩き合うのは照れ隠しで、二人全裸になって顔を見合わせたとき、互いの性器がすでに勃《た》ちかかっていることにまた照れて笑った。

「入ろうぜ」

「うん」

棚橋が橋の手を引き、浴室の扉を開ける。軽く湯を浴びたあと二人して湯船に沈み、どちらからともなく唇を合わせ始めた。

「……ん……」

一人では狭いと感じたことのない浴槽も、男二人ではさすがにきつい。ほとんど身動きがとれない状態のまま棚橋は己の身体にまたがり唇を塞《ふさ》ぐ橋の背から尻へと手を滑らせ、いつも彼を受け入れるそこをなぞり始めた。

「……ん……っ……んんっ……」

橋の腰が微かに揺れ、合わせた唇の間から吐息というには熱い音が漏れてゆく。浴室に反響するその声に棚橋の劣情は煽《あお》られ、普段はあまりしないような意地悪をしてみたくなった。

「……んっ……やっ……」

焦《じ》らしてやろうと、わざと指先を挿入させず、入り口をなぞるだけの棚橋に、橘が薄く目を開き抗議の視線を向けてくる。

「……なんだよ」

「……ずいぶん余裕じゃないか」

言いながら橘は棚橋の首に回した手を解き、互いの身体の間ですでに勃ちきっていた彼自身へと伸ばしてきた。

「……そうでもないか」

それを握り締めながら、橘がにやりと笑う。淫蕩《いんとう》なその笑みに彼の手の中で棚橋の雄はまた一段と硬さを増した。

「……お下劣なことで」

「こんなに硬くしてるお前の方がお下劣だろう」

くすくす笑いながら棚橋の雄を扱き始めた橘だが、棚橋が指をそこへと挿入させると、その笑いはあっという間に喘《あえ》ぎへと変じていった。

「……んっ……あっ……」

小さな尻を摑んで広げたそこへ、棚橋は両手の人差し指を挿《い》れ、中を乱暴なくらいの強さでかき回す。湯が中へと入るのが気持ち悪いのか、心持ち眉を顰めた橘の顔がまたセクシーで、のんびりと湯になど浸《つ》かっていられない気分に棚橋を追いやっていった。

棚橋は橘に声をかける。

「……なあ」

続いて中指も挿れ、ぐい、と奥を突いてやりながら、

「……なに……っ……あっ……」

「……挿れさせてくれ」

「……ん……っ」

湯船の中では狭い上に、浮力で身体が浮いてしまう。外でやろうという棚橋の意思はすぐに橘には伝わったようだった。棚橋が指を抜くと橘は立ち上がって浴槽を出、同じく浴槽から出た棚橋に背を向けると、浴槽の縁に手をつき尻を突き出してくる。物欲しげにも見えるその姿に、一瞬棚橋は少し焦らしてやろうかとまた意地悪なことを考えたが、それを実践するだけの余裕は残っていなかった。

「あっ……」

いきりたつ雄を橘の中へと挿入させてゆく。いつもよりも熱く感じるそこは棚橋を待ち侘《わ》びていたかのように締め上げ、さらに奥へと彼を誘《いざな》った。

「あっ……はぁっ……あっ…あっ…」

浴室内に橘の高い声と、激しく腰を打ちつけるパンパンという音が響いてゆく。崩れ落ちそうになる橘の身体を腰に回した手で支えてやりながら棚橋は激しく彼を攻め立て、やがて二人して射精のときを迎えた。

「あっ……」

ほぼ同時に達したとき、橘はしまった、というような声を上げた。湯を汚すことを厭《いと》うたらしい。確かに、白濁した液が湯に浮いている、と思わず吹き出した棚橋を橘が肩越しに振り返り抗議の声を上げようとする。その唇を棚橋はキスで塞ぐと、もう一度やろう、と腰を揺って彼を誘ったのだった。


「……また風呂に入らないと……」

結局それからベッドに移動し、これでもかというほどに精を吐き出し合ったあと、棚橋の胸の中で橘が、くすりと笑ってそんなことを言い出した。

「……違いない」

棚橋も笑い、濡れた橘の髪に顔を埋める。

「……当直明けで疲れたお前の背中でも流してやろうかと思ってたんだけど」

「そのわりには最初からやる気満々に見えたがな」

「そりゃお前だろう」

ピロートークというには品のない会話が続いていたそんなとき、棚橋の胸に顔を伏せたまま橋が、ふと思い出したような口調で問いかけてきた。

「そういや、この間『ローンサクラ』の同僚とばったり会ったんだけど、あの事件、まだ捜査してるんだって？」

「……ああ……」

その途端、棚橋の胸はどき、と変に脈打った。

「……大変だねえ……」

眠そうな橋の声が、棚橋の胸に震動となって響いてくる。

「…………」

そのまま棚橋の腕の中で眠り込んでしまったらしい橋の背を抱きながら、棚橋は己の胸に芽生えた一つの疑念が急速に膨らんでゆくのをどうにも抑えられずにいた。

5

当直明けのその日、棚橋《たなはし》は結局夕食まで橘《たちばな》の家で食べたあと、夜もずいぶん更けた頃に自分のアパートへと戻った。

「泊まっていけばいいのに」

玄関先まで見送ってくれた橘はそう勧めてくれたのだが、棚橋は適当な言い訳をして彼の部屋を辞した。

「それじゃ。また来る」

「ああ。待ってる」

軽く橘と唇を合わせ、手を振って玄関のドアを出た棚橋の口から、自分でも驚くほどに大きな溜《た》め息《いき》が漏れていた。

その夜も弟の佑治《ゆうじ》は帰ってこなかった。夕食のときに再び棚橋は佑治の名を出し、居場所を何気なく聞いたのだが、橘の答えは昼間と同じ、

「さあ」

といういい加減なもので、弟の居場所には興味がないという姿勢を貫いていた。

成人している弟が家に帰ってこようがこまいが、兄は心配などするわけがないと言われれば、そのとおりだと思えなくもない。

「そのうち帰ってくるだろう」

諦《あきら》めたような顔で肩を竦《すく》めた橋の顔には、作ったところはなかったように思うと、棚橋は今日の、そして今までの彼の様子を逐一思い出そうとし、また大きく溜め息をついた。

夕食のときに出されたワインが棚橋の歩調を心持ち乱れさせてはいたが、頭は妙に冴《さ》え冴えとしていた。自分の行為が自分の考えを否定するためのものであるということは、自覚するまでもなくわかっていた。

弟と殺された社長との関係を橋は知らなかった、と棚橋は思いたいに違いないのだ。理性で考えればそんなわけがあるまいと思うのに、彼の感情は『ありうべし』と耳もとで囁《ささや》いてくる。

『刑事の勘』などという裏づけも何もない直感を口にするのは恥であると棚橋は常日頃からうそぶいているのだが、その『刑事の勘』はあきらかに橋の行動は不自然だと彼に告げていた。

ここは橋に頼らず、弟の行方を捜して話を聞くしかないか——風呂上がりの濡れた髪をかき上げながら、空を見上げた棚橋の目に、ほぼ円形に近い白い月が映る。

ビデオに出ていたからといって、事件に関係していると決まったわけじゃない。またも自分に言い聞かせるような言葉を心の中で呟《つぶや》いていることに気づき、棚橋が大きく溜め息をついたそのとき——。

「………」

不意に物陰から現れた人影が目の前に立ち塞がったものだから、棚橋ははっとして身構えたのだが、すぐになんだ、と息を吐いた。

「よお」

『見覚えがある』どころではない、毎日顔を合わせている見飽きた顔に声をかけられ、安堵《あんど》したと同時に新たな疑念が棚橋の内に生まれる。

「……あとをつけたな?」

その場に現れたのは、棚橋の同僚、署内でも名コンビといわれる佐伯《さえき》だった。

「話があるんだ」

「………」

佐伯が棚橋と並んで歩き始める。内容を推察できるだけに、棚橋は乗り気ではなかったが、無視できるものでもなかった。

棚橋の答えを待っているのか、それきり口をきかなくなった佐伯と肩を並べて歩くこと十分あまり、自分のアパートが見えてきて初めて棚橋は佐伯に尋ねた。

「話ってなんだ」

「外聞を憚《はばか》る上に、長くなる」

「部屋に上げろってことか」

聞くより前に佐伯がそのつもりであることは棚橋にもわかっていた。最近でこそ互いに忙しくなったために家を訪れ合うことも滅多になくなったが、気ままな独身同士、互いの部屋で酒を酌《く》み交わしたことは一度や二度ではない。

「できれば」

「できればもなにも、上がる気満々じゃねえか」

いつものように軽口を叩き合ってはいるが、棚橋の顔も、そして佐伯の顔も強張《こわば》っていた。

外付けの階段を二人して上り、棚橋が部屋のドアにキーをさす。

「相変わらず汚ねえなあ」

どうぞと誘《いざな》うより前に上がり込んできた佐伯が溜め息交じりの声を上げたのに、

「お互い様だろう」

棚橋は肩を竦めて答え、キッチンにビールを取りに行った。

「どこに座れって?」

「どこでもいいよ。その辺、適当に片づけてくれ」

1LDKの部屋、応接セットなどという洒落《しゃれ》たものは勿論《もちろん》ない室内で、佐伯は多分わざとなのだろう、テレビの前に座って棚橋を待っていた。

「どうも」

佐伯が棚橋が差し出したビールを受け取り、プルタブを上げる。

「御木本《みきもと》から何か聞いたのか」

テレビの前には、武蔵野署から持ち出した橘の弟、佑治のＤＶＤのケースが転がっていた。佐伯の突然の訪問はこのディスクのせいだろうと思ったがゆえの問いかけだったのだが、佐伯は、

「まあな」

含みのある相槌を打ち、ごくごくとビールを飲み干した。

「知り合いに似ている気がしたんだよ。本人かどうか確かめようとして借りてきた。結果はちゃんと報告するつもりだった」

我ながら言い訳めいていると思いつつ棚橋が喋る前で、佐伯はあっという間にビールを空にすると、手の中で缶をぐしゃっと潰した。

「冷蔵庫に入ってるから」

「おう」

勝手知ったる他人の家、とばかりに佐伯が立ち上がってキッチンへと向かい、自分の分と棚橋の分のビールを手に戻ってきた。

「どうも」

「で、確認はとれたのか？」

差し出された缶に手を伸ばした棚橋に、佐伯がぼそりと問いかけてきた。

いよいよ彼の言う『話』に入るのかと思う棚橋の胸には、この友を前にしたときには感じたことのない緊張感が生まれていた。

「いや。まだだ。居場所を捜しているところだ」

「御木本には『知り合いの弟に似ている』と言ったらしいな」

どさっと音を立てて佐伯が座り、じっと棚橋を見据えてくる。

「……ああ？」

動揺していたのであまりよくは覚えていないが、確かにそう言った気がすると頷いた棚橋に、佐伯は一瞬息を呑《の》むようにして黙ったあとおもむろに口を開いた。

「その『知り合い』っていうのが、橘翔《しょう》なのか」

「……呼び捨てにするな」

半ば予測していたとはいえ、実際佐伯の口から橘の名が出たときには、棚橋の鼓動はどきり、と変に高鳴った。

「すまなかった。他意はない」

「当然だ」

素直に頭を下げた佐伯に棚橋はひとことそう言い捨て、渡されたビールのプルタブを上げた。佐伯もプルトップを開け、そのまましばらく無言でビールを飲んでいたが、やがて口を開いた。

「……安部が自首してきたから、とっとと釈放したが、事件の翌日の橋の……失敬、橘さんの行動はやはり不自然だと、再捜査はそこから入ることになった」

「別に不自然ってことはないだろう」

我ながら庇《かば》っているのがありありとわかる素早い突っ込みに、棚橋は気づいて口を閉ざした。佐伯も同じく気づいたらしく、一瞬棚橋を見やったが、何もコメントはせずに話を続けた。

「社長が殺された翌日、出社しなかったのは社長に振込みを頼まれたからっていう話だが、他の社員に聞いてみたら、そんな話は聞いたことがないというんだ。確かに社長は金庫には金を極力置かないようにしていたんだが、だからといってわざわざ一旦社員に自宅に大金を持って帰らせるなんてリスクがあることをさせないんじゃないかと……」

「………」

確かにそれはそうだと棚橋は頷いたが、だからといって橘が嘘《うそ》をついていることにはなるまい、と語気を荒らげようとして思い留《とど》まった。話を全部聞いてからにしようと思ったのである。

「社長と橘……さんの関係も、他の社員には不透明に映っていたようだ。彼だけは社長がウラでやっていたことを知っていたんじゃないかと言う社員もいた。なんでもサラリーが他の誰より多かったらしいんだよ。秘書っぽい仕事をしていたから社長との接触も多かったんだろうが、社長がひどく橘さんを気に入っていたという話はいろいろな人間から聞いた」

「……社長のお気に入りで高い給料貰《もら》ってたっていうなら、社長が殺されちゃ損こそすれ、得にはならないんじゃねえか」

言いながらも棚橋の頭には、大屋敷《おおやしき》の傍らに佇《たたず》む橘の幻が浮かんでいた。すこぶる面食いのゲイだという社長が『気に入って』いたということに性的なニュアンスを感じてしまう自分がいる。

『お前以外、男はバージンだよ』

橘はそう笑っていたが、もしや——いや、確かに行為自体は久しぶりのように見えた。演技でもしているのならともかく、などとさまざまな思いが棚橋の頭に渦巻き始めたが、佐伯の言葉が彼を己の思考の世界から引き戻した。

「それがここのところ、二人の関係は険悪だったらしい。激しい口論をしていたという証言もある。内容はわからないが、興奮した橘が一方的に社長を糾弾していたということだ」

「糾弾……」

またも橘が呼び捨てにされていることに棚橋は気づいていなかった。棚橋の視線は床に放られたＤＶＤのケースに——橘の弟、佑治の写真へと注がれていた。

「それを社長が宥《なだ》めていた……そんな現場を見た社員は一人や二人じゃないそうだ」

佐伯の視線もケースに注がれている。棚橋はゆっくりと視線を逸《そ》らせると、手の中のビールを一口飲んだ。

「……険悪になる前から、社長がやたらと橘の身体《からだ》に触るだの、食事に誘おうとしているだの、そんなところを見たという話も結構出た。橘は少しも相手にしていなかったらしいがな」

「……そうか」

佐伯の言葉に頷き、棚橋はまたビールを飲む。しばらくの沈黙のあと、佐伯が静かな声で問いかけてきた。

「そのビデオに映っているのは、橘の弟の佑治なんだろう？」

「…………」

すでに佑治の名を知っているとは、と棚橋は驚きのあまり顔を上げ――真剣な表情で己を見返している佐伯を見て、捜査は自分が思っているよりもよほど進んでいると知らされたのだった。

「……捜査本部は、橘を容疑者とみなしているのか」

「…………」

佐伯は一瞬答えに詰まった素振りをした。容疑者と関係のある自分に捜査情報を漏らすのはどうかと思ったのだろうと棚橋は察し、

「答えなくていい」

自分から問いを引っ込めた。

「容疑者の一人というところだ。我々が張り込んでいる人物は三人いて、橘の部屋は本庁の担当だった」

だが引っ込めた問いに佐伯が答え始め、棚橋はビールを飲みかけていた動作を止めて彼を見た。

「……今日、本庁の刑事から内々に、お前が橘の部屋に頻繁に出入りしていると教えられた。橘の見張りを俺たちにさせないからおかしいとは思っていたんだが、まさかお前が絡んでいるとは思わなかった」

「絡むも何もない。俺が奴の部屋に行くのは事件とはまるで……」

「関係ないと言いたいのはわかるが、捜査本部はそうは見ちゃくれない」

ぴしゃりと言い捨てた佐伯が、いつの間にか飲み干してしまったらしいビールの缶をぐしゃっと手の中で潰す。確かにそのとおりだろうと棚橋は溜め息をつくと、まだ残っているビールを一口飲んだが、気の抜けた液体はただ苦さだけを喉《のど》に残して流れていった。

「……事件の話などしたことはない」

「だからわかっていると言ってるだろう」

佐伯が立ち上がり、またキッチンへと向かってゆく。ビールを手に戻ってきた彼は、座りながら例の、佑治のＤＶＤに手を伸ばした。

「お前の方はそのつもりは皆無だろうが、向こうはどう思ってお前に近づいたのか――このビデオに映っているのは、橘佑治に間違いないそうだ」

「…………」

やはり――棚橋は手を伸ばし、佐伯の手からＤＶＤケースを受け取った。パッケージに映っている佑治の明るい笑顔をじっと見つめる棚橋の脳裏に、橘がよく浮かべる儚くさえみえるあの笑顔が蘇ってくる。

『そういや、この間「ローンサクラ」の同僚とばったり会ったんだけど、あの事件、まだ捜査してるんだって？』

今日、何気なさを装い尋ねてきた橘の真意はどこにあったのか――自分の頭に浮かんだ『何気なさを装い』という表現に、棚橋はすでに答えを見つけていた。

「……佑治と大屋敷社長の接点はわかってるのか」

佐伯に問いかけた棚橋の声はひどくしゃがれたものだった。

「いや……まだ捜査中だ」

「そうか」

頷いた棚橋の手からＤＶＤが落ちる。

「……もう橘の部屋には近づくな」

そのディスクを拾い、佐伯が立ち上がった。一気に手の中のビールを呷《あお》り、ぐしゃりと缶を潰す。

「それじゃな」

「ああ」

佐伯は屈《かが》んで缶を床にそっと置くと、そのままドアへと向かっていった。棚橋は彼を見送るでもなく、じっとその場に座ったままでいた。

「鍵《かぎ》閉めとけよ」

ドアから出しなに佐伯は棚橋を振り返り、一旦何か言いかけたあと、ひとことだけそう言いドアを閉めた。カンカンと外付けの階段を下りる彼の足音が響いてきたが、やがてその音も小さくなり静寂が棚橋の周囲に訪れる。

「………」

鍵か、と棚橋は立ち上がり、ついでに佐伯が潰していった缶を拾ってキッチンのゴミ箱へと運んだ。ぽんぽんと缶を資源ごみの袋に入れたあと、呑みさしの自分のビールを流しに捨ててその缶も袋に放り込む。

佐伯の訪問は多分、捜査本部には明かしていない、彼の独断によるものだろう。捜査の内容を棚橋に明かしたのも、無許可でやったことに違いない。

課長に――そして本庁に知れたら、叱責《しっせき》どころでは済まないのではないかと思うと、棚橋は佐伯の友情に感謝せずにはいられなかった。

何より出世にプライオリティを置く彼が、上から睨《にら》まれるようなことをしたのは、今までの彼とのつき合いの中でも皆無だったように思う。

その友情に報いたいという気持ちは勿論棚橋の胸に溢《あふ》れていたのだけれど、ドアへと向かった彼の足は鍵をかけるためではなく、ドアの外へと向いていた。

カンカンと音を立てて階段を下り、先ほど通ってきた道を引き返してゆく。さまざまな思いが胸に渦巻いてはいたが、これから己がすべきことについての具体的な方策は何一つ棚橋の頭に浮かんでこなかった。

ただ確かめたい——棚橋を動かしている衝動はそのひとことに尽きた。確かめた答えが自分にいかなる想いを齎《もたら》すか、その結果自分はいかなる行動をとるべきかなど、何一つ考えられず、ただただ彼は『確かめたい』という想いを胸にその場を——橘のもとを訪れようとしていた。


いつもは二十分ほどかかる道のりを十分足らずで来たからか、棚橋の額には汗が浮き、息は微かに乱れていた。刑事たちが張り込んでいるであろうことを思うと、周囲を見渡したくなる衝動を覚えたが、関係ない、と棚橋は無理やり自分に言い聞かせ、いつものようにインターホンを押した。

『はい』

時計を見るとすでに深夜近い時刻になっている。訝《いぶか》るような声を出すのも当然の橋に、

「俺だ」

と告げると、

『隆也《りゅうや》？』

驚いた声とともにパタパタと足音が響いてきて、あっという間にドアが開いた。

「どうした、忘れ物か？」

「ああ」

言いながら棚橋は、橋が開いてくれたドアの中へと一歩を踏み出す。

「何、忘れたんだよ」

なんかあったかなあ、と橋は明るい声を出しながら、ずんずんと案内されるより前にリビングへと足を踏み入れる棚橋のあとについてきた。

「聞き忘れたことがある」

足を止め、振り返った先にある橋の笑顔を、棚橋はじっと見下ろしながらそう答えた。

「なに？」

棚橋の様子にただならぬものを感じたのだろう、橘も真《ま》っ直《す》ぐに棚橋の瞳を見上げ問い返してくる。

「……俺を利用したのか」

「え」

棚橋の問いかけに、橘の目が驚きに見開かれた。問うた棚橋の顔にも驚愕《きょうがく》が表れている。

こんなふうに切り出すつもりは棚橋にもなかった。まずは弟のビデオのことを持ち出し、事件とのかかわりを尋ねようと思っていたはずであるのに、橘の真摯《しんし》な眼差《まなざ》しを見た途端、頭の中が真っ白になってしまったのだ。

「……どういう意味だ?」

ゆっくりと、本当にゆっくりと橘が首を横に傾げ、静かにそう問い返す。本人は微笑《ほほえ》もうとしているのだろうが、どうしても顔を歪《ゆが》めているようにしか見えないその表情を見たとき、棚橋は一縷《いちる》の望みが断たれたことを悟った。

6

「どういう意味だ？」

問いかけてきた橘の肩を、棚橋は両手で摑んだ。橘は、びく、と身体を震わせたが抗《あらが》う素振りはみせず、ただじっと棚橋の顔を見上げていた。

「…………」

思えばこの眼差しに騙《だま》されたのだ──棚橋は心の中で溜め息をつきながら、真摯な光を湛《たた》えている橘の綺麗な瞳を見下ろした。

刑事を長くやっていると、相手が嘘をついているかどうかは目を見ればわかるようになってくる。口調や素振りには表れなくても、目にだけは偽りの影が差すというのが棚橋の持論でもあり、今までの刑事生活の中で得た揺るがぬ信念でもあった。

だが橘の瞳は常に真っ直ぐで澄みきっており、凛《りん》とした美しさが感じられるものだった。恋というフィルターが己の目を曇らせていたのかもしれないなどと、今考えるべきではないことへと思考がいきそうになるのを無理やり踏みとどまると、棚橋は橘を問い詰めるべく口を開いた。

「大屋敷社長との口論を多くの社員が見ていると聞いた。何を揉《も》めていたんだ」

「……口論というほどでもない些細《ささい》なことだよ。内容はいちいち覚えてないな」

相変わらず綺麗な瞳で真っ直ぐに棚橋を見上げながら、橋は淡々と答えている。瞳の煌《きらめ》きに思わず惹《ひ》き込まれそうになりながらも、棚橋は問いを続けていった。

「事件の翌朝、社長から振込みを頼まれたと言ってたが、社長がそんな指示を出すわけがないと言われているそうだ」

「内々の指示だったからね。他の社員は知らないだけだよ」

「社長の裏の仕事をお前だけは知っていたと言う社員もいる」

「根も葉もない中傷だ。憶測《おくそく》でモノを言われちゃ迷惑だよ」

問いと答えの応酬に次第に二人の声は高くなってゆく。

「それならっ」

大声を出した棚橋を見上げる橋の顔が顰《しか》められたのは、興奮した棚橋が彼の肩を摑む手に力を入れすぎたからのようだった。

「すまない」

気づいた棚橋が手を離す。

「いや」

大丈夫だと微笑みながら橋は首を横に振ったのだが、

「……弟のビデオ出演のことはどうなんだ」

棚橋が問いかけた言葉に、ぴく、と彼の頰が動いた。

「……なにを……」

必死で頭の中で何かを考えているのが棚橋にはありありとわかる。今まさに、橋の仮面は外れつつあった。

「お前の弟が……佑治が出演しているゲイビデオが押収された。チンピラに輪姦されているやつだ。それを大屋敷と言い争っていたんじゃないのか」

「……それは……」

橋が伏せていた目を上げ、棚橋をじっと見上げてくる。驚愕に瞳を見開いている様子はやはり演技とはとても思えなく、棚橋をやるせない気持ちに追い込んだのだが、続く彼の言葉は棚橋の思いもよらないものだった。

「ビデオはどのくらい市場に出まわっているのか？」

「え？」

てっきり『そんなことは知らない』と言われると予測していた棚橋は驚いて橋を見返した。

「教えてくれ。そのビデオはどのくらい……何本くらい市場に出まわってるのか？」

橋の顔色は真っ白だった。わなわなと唇が震えている。棚橋に縋《すが》りつく手には痛いほどに力が込められていて、思わず後ずさりそうになりながらも、

「本数まではわからない」

と答えると、橘はどこか呆然《ぼうぜん》とした顔になり「そうか」と小さく呟いた。

だらり、と棚橋の腕を摑んでいた橘の両手が落ちる。

「……ビデオのことは、知ってたんだな」

確かめるために問いかけた棚橋の声に、橘はゆるゆると顔を上げ――。

「ああ」

小さく、だがはっきりと首を縦に振った。

「……社長とはビデオのことで口論していたんじゃないのか」

問いを重ねようとした棚橋に、橘は今度は首を横に振ると、

「座ろう」

彼の手を引き、幾度となく彼らが唇を合わせたラブチェアへと棚橋を導いた。

「飲んでもいいかな」

一旦は座りかけた橘が、思いついたようにそう問うのに、

「ああ」

棚橋は頷き、橘のあとについてキッチンへと向かった。

「別に逃げやしないよ」

苦笑する橘はすでに、普段の彼に戻っていた。

「そういうわけじゃない」

自分も飲みたかったのだ、と言うと、橘は「ワインにしようか」と冷蔵庫からよく冷えた白ワインを取り出しかけ、

「やっぱりこっちにしよう」

思い直したようにその隣にあったシャンパンを手にとった。

「もうすぐ隆也の誕生日だからと思って、買っておいたんだ」

「……そうか」

他に相槌の打ちようがなく頷いた棚橋の前で、橘は食器棚からシャンパングラスを取り出すと、

「お待たせ」

笑って再びリビングへと引き返し、棚橋もあとに続いた。

「飛ばすなよ」

あけよう、と棚橋がシャンパンを受け取り、栓を抜こうとすると、橘は身を寄せ、悪戯《いたずら》っぽい目をして囁いてきた。ポン、と小さな音だけ立てて栓が抜ける。

「……乾杯」

手渡したグラスをぶつけてきた橘に、

「何にだよ」

軽く問い返した棚橋は、今がどういう状況かを忘れていたわけではなかった。あまりに普段どおりの橘の様子につられてしまっただけだったのだが、そんな軽口を叩いたことをすぐに後悔することになった。

「真実に」

にっと笑った橘がひとことそう言い、一気にグラスを空ける。

「…………」

棚橋も一気にグラスのシャンパンを飲み干したが、その瞬間彼の口からは大きな溜め息が漏れていた。

「……何から話そうか」

二人のグラスにシャンパンを注ぎながら、ぽつり、と橘が口を開く。

「……お前が殺したのか」

棚橋の問いに、橘の手が一瞬ぴた、と止まった。

「……ああ」

カタン、と瓶をテーブルに下ろし、橘が静かに頷いてみせる。

「そうか」

言いながら棚橋は手を伸ばし、橘が注《つ》いでくれた酒を再び一気に飲み干した。

「……佑治のビデオのことが知られているということは、大屋敷がいかに非道な真似をしていたかということも調べがついているんだよね」

再び棚橋のグラスにシャンパンを注いだあと、自分のグラスを手に取り一口飲むと、橘はぽつぽつと話を始めた。

「……ああ。若い男をとっかえひっかえもてあそんだあとに、ヤクザに下ろし、挙句に本番ビデオを作って金儲《もう》けをしていたそうだな」

棚橋の相槌に、「まあ、奴の悪事はそれだけじゃないけどね」と頷くと、橘はまた一口酒を舐《な》め、話を続けた。

「……三年前に勤めていた会社が倒産してね、悪いことは重なるもので、母親が入院することになった。命の危険はなかったが金はいる。佑治は大学を辞めて働くと言ってくれたが、せっかく入ったものを辞めさせたくはなかったし、それで知り合いが紹介してくれた『ローンサクラ』に勤めることにしたんだ」

「……そうだったのか」

別れて十年、二人の間の空白の時間に橘がしてきた苦労を聞くのは、棚橋には辛《つら》いものがあった。

三年前というと、棚橋はちょうど武蔵野署に異動してきた頃だった。上の顔色ばかり見る上司に悪態はついていたし、日々激務ではあったが、『苦労』という苦労はしていなかったように思う。

もしも三年前に再会していれば、何か力になれたかもしれない――過去には決して戻れぬのだからそのような仮定をすることこそ意味がないことはわかりきっているのだが、どうしてもそう思わずにいられない自身に、苛立《いらだ》ちと憤りを感じていた棚橋の前で、橘はまた口を開いた。

「……勤め始めて間もなく、『ローンサクラ』が相当ヤバい会社だということはわかったが、辞めることはできなかった。給料がよかったし、何よりそこを辞めたあと、再就職できる自信がなかった……」

「……そうか」

さきほどから『そうか』という相槌しか打てない自分に、棚橋の苛立ちは募ってゆく。橘はまた少しの間口を閉ざし、考えをまとめるような素振りをしていたが、棚橋が問いかけるより前に話し始めた。

「大屋敷は社員には悪行を知らせないようにしていたからね、ただ勤めている分にはなんの問題もなかった。唯一、どこを気に入ったのか奴がしつこくモーションをかけてくるのには閉口していた。社内では奴は紳士で通っていたから無茶をされることはなかったので助かってはいたが、ひどくしつこくてね。三年間口説《くど》かれ続けた。最後は奴も意地になってたんじゃないかと思うけど」

「…………」

『どこを気に入ったのか』など、考えるまでもない。美貌《びぼう》といい気性といい己を惹きつけて止《や》まない橘に対し大屋敷も劣情を抱いていたという話は、棚橋にとっては信憑性《しんぴょう》がありすぎるほどある上に、聞いていて愉快なものではなかった。

橘自身にとっても愉快な話ではなかったらしい。気づけば彼の顔は苦々しさを堪えて歪んでいた。

「大屋敷からの誘いを断り続けていたある日、佑治が会社に来たことがあってね。夜飲み会なのだけれど、手持ちがないので少し貸して欲しいという用事で、十分もしないうちに帰ったんだが、そのとき大屋敷に目をつけられたらしい。……俺はまったく気づかなかったんだけど」

「佑治はもともと男の趣味はあったのか」

何か問わなければならない強迫観念が棚橋の口を開かせた。それほど橘の顔は苦痛に満ちていたのである。

「いや……多分、なかったと思う。女の子とつき合ってたし。まあ、佑治も俺が男とセックスしていることは知らないと思うけれど」

小首を傾げるようにして答えた橘は、棚橋が何を聞くより前に、

「『男』ってお前な」

そう言い、小さく笑った。

「……それで？」

こんなときだというのに、まさにそのことを聞こうと――自分以外の男と寝たことはあるのかと聞こうとしていた棚橋は、見透かされた照れくささに話の続きを促した。

「大屋敷の手練手管に、スレてない佑治は一発で誑《たら》し込まれた。親が離婚してから貧しい暮しをしてきたからね、大屋敷がふんだんに与えてくれる金にまず夢中になり、そのあとは奴が教え込んだ男同士のセックスに夢中になってしまった。どうも様子がおかしいと問い詰めて初めて大屋敷との関係を知った俺がどれだけ驚いたか……」

橘の握り締めた拳《こぶし》が震えていた。やりきれなさがそのまま表れているその顔に、棚橋はかける言葉を失い、ただ無言で彼の怒りに紅潮する頬を見つめていた。

「佑治にいくら、大屋敷は信用ならないからもうかかわるなと言っても、恋は盲目の言葉どおり、反発するばかりで俺の話を聞こうともしなかった。泣きを見るのはお前だと言うと、『兄さんは僕に嫉妬《しっと》しているんだろう』などと言い出す始末で、これはもう大屋敷に直談判《じかだんぱん》するしかないと奴を問い詰めたんだ。そうしたら……」

橘はそこで憤りを抑えかねたように大きく息を吐いた。そのときの状況を思い出したのかもしれない――大屋敷に橘が何を言われたのか、棚橋には予想がついたが、果たしてその予想はそう外れたものではなかった。

一瞬黙り込んだあと、橘は再び口を開いたが、彼の眼差しは怒りに燃え、声は微かに震えていた。

「……大屋敷は俺に、俺が奴のモノになれば佑治はすぐ解放してやると言った……佑治は俺の代わりだと。冗談じゃないと突っぱねると奴は佑治をチンピラたちに襲わせたんだ。そのビデオを見せられたとき俺は……」

「……それで、殺したのか」

再びぶるぶると震える拳を握り締めた橘に、棚橋が静かに問いかける。橘はゆっくりと棚橋へと視線を向け、「うん」と小さく、だがはっきりと頷いた。

「……『お前の言うとおり、佑治は解放してやった、このビデオを流通させたくなければ、今度こそ俺のモノになれ』……笑いながら大屋敷が俺にそう言ってきたとき、奴を殺そうと思った。佑治が心と身体に受けた傷を思うと、どうしても奴を許せなかったんだ。大屋敷に了承したフリをして、あの夜事務所で待ち合わせをした。殺すつもりで事務所に行き、大屋敷が倒れてるのを見つけたときには、一体何が起こっているのかと狐《きつね》につままれた気持ちだった」

「……安部が――例の窃盗犯が大屋敷を殴って逃走したあとだったってことか」

棚橋の言葉に橘は「多分」と小さく頷いたあと、話を続けた。

「……金庫が開いているのに気づいて、強盗だろうと予測はついた。夕方客から受け取った二百万が手つかずで残っていたのをポケットに入れてしまった理由は、自分でもよくわからない……佑治への慰謝料として貰っておこうとでも思ったのかもしれない。そのまま事務所を出ようとしたら、大屋敷の呻《うめ》き声が聞こえた。まだ生きていたのかと思ったとき、奴が俺に向かって『助けてくれ』と手を伸ばしてきて……」

橘はぎゅっと目を閉じ、頭に浮かぶ像を振り切るかのように首を二、三度激しく横に振った。

「……気づいたときには、殴っていた……殺したあと、とんでもないことをしたと思ったけれど、警察に行く気にはなれなかった」

「……それで翌朝、逃げようとしたのか」

「……ああ。すぐ警察に捕まってしまったけれど」

ようやく少し落ち着いてきたのか、橘は、はあ、と小さく息を吐くと棚橋の問いに頷いてみせた。

「……そして取調室で俺に会った」

「……びっくりしたよ……運命の悪戯とはまさにこのことかと思った」

わざとふざけた調子で言う橘の目が潤み始めているのに、棚橋は気づいていた。

「……俺から捜査の進捗《しんちょく》情報を聞き出そうとして、住所を教えた」

「……そうだね……犯人が逮捕されたことは取調室から聞こえてきたけど、不安だったからね」

否定の言葉を待っていた棚橋の前で、橘は微笑んだまま、静かな声でそう告げた。彼の瞳の潤みが一段と増し、男にしては長い睫《まつげ》の先に涙の兆しを見たとき、棚橋はたまらず叫んでいた。

「自首してくれ」

「……え？」

橘が驚いたように目を見開く。途端に彼の両目からはぽろぽろと涙が零《こぼ》れ落ちたが、彼はそのことに気づいていないようだった。

「……今、捜査の手はお前に伸びようとしている。逮捕される前に自首してくれ。自首した方が罪が軽くなることはお前も知ってるだろう？　だから……」

「……そんなことを言っていいのか？　それこそ捜査の情報漏らしたって、隆也の立場が悪くなるんじゃないの？」

ようやく伝い落ちる涙に気づいたように、橘が掌《てのひら》で頬を擦《こす》る。泣き笑いのようなその顔があまりにも頼りなく見え、棚橋は思わず彼へと腕を伸ばすと華奢《きゃしゃ》なその背を抱き締めてしまっていた。

「隆也」

びく、と腕の中で橘の身体が震える。

「……かまわない……十年前の罪滅ぼしだ」

「……十年前？」

橘の腕が棚橋の背に回る。そっとシャツを摑んできた彼の手を感じ、棚橋はさらに強い力で橘の身体を抱き締め返した。

「……ああ……あの頃、俺はお前の一途《いちず》な想いを受け止めるのが怖かった……お前しか見えなくなるのが、怖かったんだ。だから浮気にもならない遊びを繰り返していたんだが、どれだけそれがお前を傷つけていたか、わかってるようでわかっちゃいなかった」

「……隆也……」

橘の手にぎゅっと力が込められる。それを感じる棚橋の胸にはますます熱い想いが込み上げてきた。

「……お前がいなくなって初めて俺は、自分の愚かさに気づいたよ……勇気がないなんて、なんてガキだったんだろうって……だから偶然お前と再会できたときには、二度と同じ過ちは繰り返すまいと思った。絶対にお前を失いたくないと……今度は俺が一途にお前を……お前だけを見つめていたいと思った」

「……隆也……」

呼びかける橘の声が震えている。胸のあたりに熱いものを感じるのは、彼が流した涙に違いないと、棚橋はまた、彼の背を抱く腕に力を込めた。

「……あの頃恐れたように、今、俺はお前しか見えなくなっているんだと思う……だがそれでもかまわない。俺はお前を愛してるんだ」

「…………」

橘がゆっくりと顔を上げる。思ったとおり涙に濡れる頬へと棚橋は片手を添え、微笑みながら囁いた。

「……愛している……お前が犯した罪ごと……今度こそお前を受け止めてやる」

「……隆也……」

橘の瞳に新たな涙が盛り上がる。

「愛してるよ」

もう一度棚橋が囁くと、橘は棚橋の胸に縋り、声を上げて泣き始めた。震える背中を抱き締める棚橋の目にも薄く涙が滲《にじ》み始める。そうして二人はしばらく抱き合ったまま、熱い涙を流し続けた。

「……それじゃ」

橘が落ち着いた頃、棚橋は彼の背を叩いて身体を離すと立ち上がり、踵《きびす》を返して玄関へと向かった。

「……隆也」

背中に橘の細い声が響く。

「ん？」

肩越しに振り返った先、泣きはらした目をした橘が、また泣きそうな顔になりながらも必死で言葉を発しようとしていた。

「……確かに隆也に住所を知らせたのは、捜査のことを聞きたかったからだけど……」

言いながら橘は、棚橋の視線に耐えられなくなったかのように俯《うつむ》き、唇を噛《か》んだ。

「……いいよ、もう」

棚橋は笑い、「それじゃな」と再び踵を返そうとしたのだが、

「……でも」

震える橘の声に足を止め、彼を振り返った。

「……お前と再会して……また二人で過ごすようになったこの数週間……俺は本当に幸せだったよ」

「……俺もだよ」

棚橋がまたゆっくりと橘へと歩み寄る。

「……本当にごめんな」

橘の目の前に立ち顔を覗き込むと、橘は彼を見上げ、無理やり作った微笑みを浮かべてみ

せた。

「……ごめんで済んだら警察はいらないよね」

「翔」

たまらず棚橋は橘を抱き締め、唇を塞いでいた。

「……っ」

橘の手が棚橋の背に回り、ぎゅっと抱き締め返してくる。が、すぐ彼の手は退《ひ》いてゆき、そっと棚橋の肩を押すようにして、橘は身体を離した。

「……ありがとう」

「礼なんか言うな」

ぼろぼろと涙を零す橘の背を棚橋は抱き締めようとしたが、橘は首を横に振ってそれを制した。

「ちゃんと罪、償うから」

泣きながらも笑ってみせた橘が、力強い声でそう言い、頷いてみせる。

「……ああ」

わかった、と棚橋は橘へと屈み込み、万感の思いを込めて彼の額に唇を押し当てるようにキスすると、三度《みたび》踵を返して玄関へと向かった。

ドアを出たあと、棚橋はそのドアを背に、はあ、と大きく溜め息をついた。胸に冷たい風を感じ、触れてみるとシャツがぐっしょりと濡れている。

橘の流した涙のあとを棚橋はぎゅっと握り締めると、彼がこれからすべきことのために勢いをつけてドアから身体を起こし、早足で署への道を歩き始めた。

7

棚橋は教えられたアパートを見上げ、よし、と一人気合を入れた。

橘の部屋を辞したあと、署に戻ったのは今日の当直が佐伯と知っていたからだった。佐伯に事情を話し協力を求めたところ、彼は「一生分感謝しろ」と悪態をつきながらも棚橋の頼みを聞いてくれた。握っていた情報を与えてもらい、それで棚橋はこうして目当てのアパートを見つけることができたのだった。

インターホンを押すと、数秒で『はい』という訝しげな若い男の声が聞こえてきた。

「橘佑治さんがこちらにいると伺ったんですが」

棚橋が告げると、インターホンの向こうで一瞬息を呑んだ気配が伝わってきた。多分佑治本人だろうと踏んだ棚橋は、切られる前にと口早に、

「兄さんの友人で棚橋という。話があるから開けてくれ」

そう言い、返事を待った。数秒の沈黙の後、

『お待ちください』

緊張感を滲ませた声が響いたと同時に、かちゃ、とドアが開き、かつて橘の部屋で見た彼

の弟、佑治がドアの間から顔を出した。

「話ってなんですか」

「部屋に上げてもらえないかな。お友達――いや、従兄弟《いとこ》か――は留守なんだろう？」

棚橋の言葉に、強張っていた佑治の顔はさらにぴく、と強張りをみせたが、入室を拒否はしなかった。

「どうぞ」

開けてくれたドアから「お邪魔します」と棚橋は上がり込み、佑治が勧めてくれたダイニングの椅子《いす》へと腰を下ろした。

「茶はいい。ああ、コーヒーにしてくれって意味じゃない」

キッチンへと立とうとする佑治の背に声をかけると、また彼はびく、と背を震わせ、おそるおそるといった様子で棚橋を振り返った。

「座ってくれ」

棚橋が目の前の椅子を示す。

「……あの……」

佑治はあきらかに動揺していた。兄の翔とは似ているようであまり似ていない。七つ違いだというから今年二十三、四になるはずなのだが、まだ十代といってもいいようなあどけない顔をしていた。

『スレてない』と兄が評したように、まるで世間知らずの学生のように見える。こうして改めて佑治を目の前にしてみると、あのえげつないビデオに映っていたのは本人であるという実感が棚橋の胸に芽生え、同時に痛々しさを感じたが、だからといって話をやめる気はなかった。

「従兄弟の三枝《さえぐさ》さん、カメラマンなんだって？　南米に取材に行った留守を預かっているそうだね」

「……兄から聞いたんですか」

「いや」

棚橋は首を横に振ったが、どこから聞いたとは告げなかった。

「……留守番といっても明日までです。明日からは家に帰ります」

「神戸に帰ると兄さんは言ってたが、そうなのか」

今度は情報源を教えてやると、佑治は一瞬どう答えようかというように口を閉ざしたあと、乱暴な口調で、

「ええ。まあ」

そう頷き、ふいと横を向いた。沈黙が二人の間に訪れる。カチカチという部屋の時計の音がやたらと大きく響く中、棚橋の前で佑治は落ち着かない素振りをし、きょろきょろとあたりを見回していたが、ついに我慢できなくなったらしい。

「あの、話って一体なんなんです」

焦れたようにそう言う彼に、棚橋はひとこと、

「兄さんが自首するってさ」

あまりにあっさりした口調でそう告げ、じっと佑治の顔を覗き込んだ。

「……え……」

佑治が呆然とした顔になる。

「……そんな馬鹿な……」

彼の呟きは『意味がわからない』というよりは『そんなわけがない』と言っているように棚橋の耳には聞こえた。

「馬鹿じゃない。本当のことだ。明日にでも武蔵野署に自首するそうだよ」

「嘘ですよ。だってあの事件は……」

動揺していたのだろう、佑治が思わずそう口を挟み――しまった、という顔になる。

「『あの事件』？」

棚橋の問いに佑治はまた俯き、だんまりを通そうとしたが、棚橋はそれを許さなかった。

「君が言ってるのは、『ローンサクラ』の大屋敷社長殺害事件のことかな」

「……よくわかりません」

ぶっきらぼうな口調で佑治がそう言い横を向く。

「ご推察のとおり、その事件だ。多分兄さんは君に、犯人はあの夜事務所に忍び込んだ強盗で、送検もされているから大丈夫と言ったんだろうが、担当した検事が小姑《こじゅうと》と呼ばれるような細かい男でね、再捜査になったのさ」

「……再捜査……」

棚橋の話に、佑治がゆるゆると顔を上げ、小さな声で呟いた。

「ああ。強盗犯……安部という男なんだが、奴は社長の頭を一回、多くて二回しか殴っていないというのに、解剖所見では数回殴打されたことになっている、おかしい、ということになってね……そうなってくると一番に容疑者として浮かび上がってきたのは、当初重要参考人とされた君の兄さんだった」

「…………」

佑治は何も言わず、棚橋をじっと見つめていた。ぎらぎらと光るその目にはあきらかに怯《おび》えが表れており、彼が心にやましいものを持っていることは何を言うより前から棚橋には見てとれた。

「……さっき兄さんの家に行ってきた。今の話をしたら、自首すると言ったよ」

「…………」

佑治の身体がびくっと震えたが、未《いま》だ彼は口を開かなかった。またも沈黙が二人の間に訪れ、カチカチという時計の秒針の音が煩《うるさ》いくらいに室内に響き渡っていった。

「……で……」

今度も沈黙に耐え切れなくなったのは佑治だった。口を開いたものの、声が緊張のあまり裏返ってしまった彼は、コホン、と小さく咳払《せきばら》いをすると、棚橋におずおずと話しかけてきた。

「……で、刑事さんはどうしてそれを僕に……?」

「……やっぱり刑事と知ってたんだな」

棚橋が笑うと、佑治はまた、しまった、という顔になり何かを言いかけたが、棚橋は「いいから」とそれを制すると、改めて佑治の顔をじっと見つめ、低い声でこう告げた。

「本当にそれでいいのか、君に確かめたかったのさ」

「……どういう意味です……」

棚橋の力強い眼差しに気圧《けお》されたように佑治がおどおどと視線を逸らす。が、続く棚橋の言葉があまりに衝撃的だったからか、彼の視線は再び棚橋へと引き寄せられることになった。

「兄さんに罪を被《かぶ》せたままで君はいいのか、それを確かめたかったんだ」

「なっ……」

驚愕に見開かれた佑治の目を見据える棚橋の眼差しは、厳しくはあったが冷たくはないはずだった。憐憫《れんびん》さえ感じていたため切なさを覚えていた棚橋の瞳を前にした佑治の目がまた伏せられる。

「……兄さんが自白したのはすべて君の罪だ。君が兄さんに告げたとおりのことを兄さんは俺に告白した。あの夜、社長と事務所で会う約束だったこと、行ってみたら強盗に彼が殴られていたこと、金庫が開いたままになっていたので、慰謝料代わりに二百万を持ち出したこと、死んでると思った社長がまだ生きていたので、思わず床に落ちていた凶器で数回殴ってしまったこと――それは全部、君がやったことなんだろう？」

「……どうしてそう思うんです……」

ぼそりと佑治が小さく呟く。落ちた華奢な肩が兄のそれと一瞬重なり、いたましい気持ちが増したが、棚橋は己の感傷から無理やり目を逸らすと再び口を開いた。

「俺は翔を……君の兄さんのことをよく知ってる。翔には人は殺せない……恨みを人にぶつけるよりは、恨みを抱いた自身が至らなかったと責める、そんな男だ。だからこそ彼は、君の代わりに犯人役を買って出たんだろう。自分のせいで君が社長に酷い仕打ちを受けたと思っていたからね」

「…………」

佑治は何も答えなかった。じっと黙り込んだまま、テーブルの上の一点を見つめている。

棚橋はそんな彼に、ぽつぽつと事件のことを話し続けた。

「あの夜、社長との約束を取りつけたのは君だった。用件は、そうだな。たとえば君がビデオの存在を知り、社長を問い詰めようとしたとか、その種のことだったのではないかと思う。

だが約束の時間に行ってみたら社長は頭から血を流して床に倒れていて、金庫が開いたままになっていた。中に二百万の現金が入っていることに気づき、慰謝料代わりにとそれを手にしたあと、社長が生きていることに気づいて、思わず凶器のクリスタルの灰皿を社長の頭に振り下ろしてしまった……」

「……歌舞伎《かぶき》町で声をかけられました……ビデオを観た、と……中年男に」

それまで黙って話を聞いていた佑治がそこでぽつり、とそう言い、視線を上げた。

「……それでビデオの存在を知ったのか」

「……ええ、言われてみればあのとき、カメラが回っていたことを思い出したもので……ひと月ほど前、社長に指示された店に行ったら数人のチンピラが待っていて、そこで強姦されました……これも社長の指示だ、社長はもうお前に飽きたんだとチンピラたちに言われて……信じられないと社長に連絡を取ろうとしても、電話にも出てくれなくなって……」

佑治の顔が悔しげに歪められる。

「……兄の言うとおりの、酷い男だということが……そのとき初めてわかったんです」

「……それで？」

唇を噛み、一旦言葉を途切れさせた佑治に、棚橋が静かに声をかけると、彼は顔を上げ、またぽつぽつと話し始めた。

「ビデオが売られていると知って、僕を捨てただけじゃなく金儲けまでしているのかと思ったら、ひとこと言わずにはいられなくなった……訴えてやると言うと、あいつは笑って、出演料が欲しいのなら事務所に来い、払ってやると言ってきた。今までさんざん甘い汁を吸わせてやったんだ、本当ならその義理はないが、兄に免じて払ってやると言われて、頭に血が上ってしまって……」

次第に熱っぽい語調になっていった佑治に、棚橋は静かな声で問いを挟んだ。

「それで殺そうとした……だが、大屋敷は倒れていた」

「……はい……」

棚橋の声に、佑治ははっと我に返った顔になったあと、こくん、と首を縦に振った。

「……神様が僕の望みをかなえてくれたのだと思った……金庫の中の金に手をつけたのも、これは自分が貰うべき金だと思えたからだった……でも社長はまだ生きていて、僕に向かって『救急車を呼べ』と手を伸ばしてきたんだ。血に染まった顔が怖くて……気づいたときには床に落ちてたクリスタルの灰皿で頭を殴りつけていた」

「…………」

棚橋の前で佑治はそのときの情景を思い出すかのように、両手で空を摑み、二度、三度と振り下ろしてみせた。

「死ね、死ねと何度も灰皿を振り下ろしている自分に気づいたとき、もう怖くてどうしようもなくなった。どうしたらいいかわからなくて、家に帰って兄さんにすべてを打ち明けたんだ。兄さんはびっくりしていたけど、僕の話を聞いたあといきなり僕に謝ってきた。全部自分が悪いって」

「……え」

初めて予想外のことを言われ、棚橋は思わず佑治を前に驚きの声を上げてしまった。佑治はちらと棚橋を見上げたあと、はあ、とやりきれなさを表すような溜め息をつくと、話を続けた。

「……兄さんはビデオの存在を知っていた。社長がそれをたてに、兄さんを脅していたんだと教えられた。兄さんははっきり言わなかったけれど、社長が僕に目をつけたのも兄さんに気があったからだと僕は気づいて、なんだかもう、たまらなく兄さんが憎らしくて……」

「……それで反発していたのか」

棚橋がそう問うと、佑治は「うん」と頷いたあと、「でも」とますますやりきれない顔になった。

「……でも僕には、兄さんしか頼る人はいなかった……兄さんは僕に、自分の顔を見たくないのならと、この部屋を用意してくれた。東京にいればまた、ビデオを観たという男が出てくるかもしれないと田舎に帰ることも勧められた。事件のことは自分がなんとかする、原因は自分にあるのだから、お前は気にすることなど何もないと言われて、ついその言葉に甘えてしまった……兄さんはあんなに社長との関係を諫《いさ》めていたのに、それを聞かなかった僕がすべて悪いのに……僕は……」

喋っているうちに気持ちが高ぶってきたのか、佑治の細い肩が震え始める。

「……翔はそういう奴だよ……すべてを自分で引っ被ってしまうような……愛する人間の犠牲になるのを少しも厭《いと》わない、昔からそんなけなげな奴だった」

「…………」

棚橋の言葉に佑治は顔を上げ、じっと彼の目を見つめてきた。涙で潤む瞳は兄と似ていなくもない。また彼を——橋を泣かせることになるのかもしれないと思うと棚橋の胸は痛んだが、その痛みを察したかのように佑治がぽつりと問うてきた。

「……刑事さん、兄さんのことが好きなの」

「ああ」

即答した棚橋を前に、佑治は驚いた顔になった。認めるとは思っていなかったらしい彼に、棚橋は照れ笑いを浮かべながら、

「愛してるんだよ」

そう言い、片目を瞑《つぶ》ってみせた。

「……だから僕のところに来たのか。兄さんが逮捕されないように」

「それは違う」

歪みかけた佑治の顔が、棚橋の即答に驚きの表情に変わる。

「え」

「……あいつの気が済むなら、嘘の自白でもなんでも受け止めてやろうと思った……でもな、俺は刑事なんだよ」

「……刑事……」

佑治がゆっくりと、棚橋の言葉を繰り返す。

「……真実を見逃すわけにはいかなかったのさ」

だから来たのだ、と言うと、佑治はわかったような、わからないような顔をして棚橋の顔を見返したあと、

「僕を逮捕するの？」

と尋ねてきた。

「いや」

「……どうして」

またも即答した棚橋に、佑治が驚いた声を上げる。

「言っただろう。俺はお前の兄さんを愛してるって。あいつが気の済むようにさせてやりたいのさ」

「……でも……」

戸惑う佑治に、棚橋はばりばりと頭を掻《か》きながら、

「だからさあ」

と砕けた口調でこう言った。

「刑事としては真犯人を見逃すわけにゃいかねえんだが、刑事としての立場より、俺にとっては兄さんが大切なわけよ。わかるか？」

「……じゃあ、ここに来たのは……」

「まあ、刑事としての義務みたいなもんだよ。お前がこのままバックれるというなら俺は何も言わないさ」

「……はは」

唖然《あぜん》としていた佑治の顔が、笑いに綻《ほころ》ぶ。

「……あなた、刑事に向いてないね」

「よく言われるけどな」

笑い返した棚橋の前で、佑治は「やっぱり」とまた笑うと、

「さてと」

とかけ声を上げて立ち上がった。

「行きましょうか」

「…………」

棚橋を見下ろす佑治の顔はやけにさばさばとしていた。どこへ、と聞かずとも、そのふっ

きれた表情を見ただけで、棚橋には彼の行く先がわかった。

「一人で行けよ」

「え」

佑治が少し驚いたような顔をしたが、やがて首を横に振った。

「一人では多分、行かれない」

「……じゃあ、前までついていってやるから」

そう言う棚橋の前に、佑治は両手を差し出した。

「なんだよ、こりゃ」

「手錠、はめないんですか」

尋ねた佑治の頭を棚橋が軽く叩く。

「痛」

「馬鹿か。お前は自首すんだよ。俺に逮捕させるな」

「……自首」

戸惑う佑治に、棚橋は兄にしたのと同じく、自首の方が罪が軽くなるからという説明を与えた。

「……刑事さん、名前なんていうの」

話を聞き終わると、佑治が唐突に棚橋に名を尋ねてきた。

「棚橋だ。棚橋隆也」

一番最初に名乗っただろう、と言いながらも名を教えた棚橋に、

「隆也さん、あなたは本当に刑事に向いてない」

これから自首をする人間とはとても思えない明るい顔で佑治は笑ったあと、不意に真剣な顔になった。

「なんだよ」

「兄さんのこと、よろしく頼みます」

深々と頭を下げた佑治に、棚橋は一瞬絶句したが、やがて手を伸ばすと佑治の髪を乱暴にぐしゃぐしゃとかき回した。

「痛いなあ」

頭を上げた佑治の目から涙が零れ落ちる。

「生意気なこと、言いやがるからだ」

パン、とまた軽く頭を叩いた棚橋の瞳もひどく潤んでいて、彼らは今にも泣きそうな互いの顔を笑い合った。

「行くか」

「はい」

頷いた佑治が先に立って歩き始める。

「翔に会ってからにするか」

部屋の鍵を棚橋に渡してきた佑治にそう問うと、佑治は少し考えたあと、

「いいえ」

と首を横に振った。

「多分、止められるから」

「……そうだなあ」

確かに橘は身体を張ってでも弟の警察行きを止めようとするかもしれない、と棚橋は頷き、佑治と肩を並べて歩き始めた。

「……充分情状酌量が認められると思うからな、取調べには素直に応じろよ」

「はい」

「ビデオのこともな、恥ずかしいかもしれねえけど、証拠品として提出させた方がいいと思うぜ」

「……はい」

ぽつぽつと二人の間で会話が続いてゆく。

「弁護士のあてがなかったら言えよ。大学の同級で有能な奴がいる」

「……はい……」

「くれぐれもな、俺に言われたから自首したとか言うなよ？　自首するのはお前の意思だぞ、

いいな？」

「……隆也さん」

「あ？」

不意に名前を呼ばれ、棚橋が傍らの佑治の顔を覗き込む。

「兄さんが惚《ほ》れたのもわかるな」

「馬鹿なこと言ってねえで、わかったんだろうな？」

「はい」

素直に頷いた佑治が、「そうだ」と何か思いついた顔になった。

「なんだ」

「兄さんに伝言を頼んでもいいですか」

そろそろ武蔵野署が見えてきていた。佑治の顔に緊張が芽生え始めている。

「ああ」

いよいよだという思いは棚橋も一緒で、どこか緊張した面持ちで答えると、佑治はただひとこと、

「『幸せになってください』――そう伝えてください」

そう言い、棚橋に向かってにっこりと、晴れやかに笑ってみせた。

8

「まったくもっておめえは、出世欲がなさすぎるぜ」

その夜、棚橋は佐伯に誘われ近所の小汚い居酒屋で杯を合わせていた。佑治の自首を佐伯に頼み込んで認めさせただけに、彼の誘いは断れなかったのだ。

「いいじゃねえか。真犯人は無事送致されたんだからさ」

「……なあ」

ほら、と熱燗《あつかん》を猪口《ちょこ》に注いでやる棚橋に、佐伯が酔いで潤んだ――というか濁った瞳を向けてきた。

「なによ」

「前から聞きたかったんだけどよ、なんでおめえは昇任試験を受けねえんだ」

「それなら『前から』聞いてるんだろうがよ」

あはは、と笑って酒を飲み干した棚橋の猪口に佐伯が酒を注ぐ。

「どうも」

「聞いちゃいるが、はっきりした答えは貰っちゃねえからさ」

ああ、まだるっこしいなと佐伯は店の大将に「コップくれ、コップ」と大声を上げると、大将が慌てて持ってきたコップにドバドバと銚子《ちょうし》の酒を注ぎ分けた。

「もう二合」

「へい」

「飲みすぎだろう、こりゃ」

景気のいい大将の声とは対照的な呆《あき》れた声を出した棚橋の肩を、

「だからよ」

佐伯がぐい、と抱き、顔を近づけてくる。

「汚ねえ顔、近づけんな」

「武蔵野署一のハンサムガイを捕まえてなんてことを」

すでに酔っ払っているのか、佐伯はバシッと強く棚橋の背を叩くと、

「答えを聞かせろよ」

またずい、と棚橋言うところの『汚ねえ顔』——自称『武蔵野署一』のご面相を近づけ、顔を覗き込んできた。

「答え？　ああ、なぜ試験を受けねえかか？」

「おう」

「そうだなあ……」

別に答えを渋っているわけではなく、どう言えば佐伯に伝わるのか、それを棚橋は考えていた。

棚橋自身、なぜに自分はこれほどまでに上昇志向がないのだろうと、最近までその理由を自分でも把握できていなかったのだが、ここにきてようやくその答えを見出すことができた。

それをどう言えば佐伯にわかってもらえるかと、棚橋は考え考え説明し始めた。

「上の人間は、東大出の俺が昇任試験を避けまくってるのを、学閥が残る署の人事に対するアンチテーゼとか言っているらしいが、そんな小難しいことを考えたことはねえんだよ。試験が面倒くさいというのが一番の理由だと最近までは思っていたんだが、ちょっと違ったみてえなんだよな」

「なんだよ、自分のことなのに、その他人事《ひとごと》のようなコメントは」

呆れた顔になった佐伯に、

「仕方ねえんだよ。自分でも最近気づいたんだからよ」

棚橋は正直なところを告げ、コップの酒を一気に飲んだ。新しい銚子が来たのに気づいたからである。

「何に気づいたって」

酒を注いでやりながら、佐伯が棚橋の顔を見る。

「……ケツの青いガキじゃねえんだからとお前には笑われると思うんだけどよ」

「ああ？」

笑ってやるぜ、と茶化した佐伯が自分のコップに酒を注いでいるうちに、棚橋はぽつぽつと話し始めた。

「……十年前……俺は本当にガキでさ、一番大切にしなきゃいけないモンがなんなのか、わかってなかったんだな」

「……ふうん」

佐伯がコップの酒を舐め、棚橋に話の続きを目で促してくる。

「……どれだけ自分がその大切なモンを傷つけてたか——後悔したときにはもう、取り返しがつかなくってよ……それからずっと俺の胸にはなんちゅうか……ぽっかり穴が開いてるような、そんな空《むな》しさが常にあったんだ」

「……出世もそれで空しいって？」

「まあ、そんな感じかな」

佐伯の問いかけに棚橋は小首を傾げたあと、首を縦に振った。

「それ以来、なんに対してもどこかで熱くなれなかった。いつも何か物足りねえような気持ちで、まあ、生きてくためには一生懸命にもなったが、ほら、あれよ。何にも情熱を持てなかった、そんな感じだ」

「確かに青いな」

ははは、と佐伯は笑ったが、笑い飛ばしはせず、

「それで？」

と先を尋ねた。

「……多分俺は、ずっと後悔してたんだと思う……子供だった自分に、取り返しのつかねえことをしちまった自分にさ。自分でも気づいちゃいなかったが、ずっと引きずってたんだろうなあ。だから何に対しても夢中になれなかった。情熱持てなかったんだと思うんだがよ」

「それがすぱっと断ち切れたってわけか」

「ああ」

佐伯の言葉に棚橋は大きく頷き、コップの酒を呷った。

「人生やり直せるかもしれねえ……そう思ったら何もかもが変わって見えてきたぜ……まあ、出世にはこの先も情熱は注げねえかもしれねえけどさ、仕事には今まで以上に夢中になれる気がするよ」

「……お前がやり直したいのは『人生』なんて観念的なモンじゃねえとは思うが……まあ、追及しねえが花だな」

「……お心遣い、感謝するぜ」

佐伯が肩を竦めたのに、棚橋がおどけて頭を下げ、二人は顔を見合わせ笑った。

「追及すると、お前といるとき常にバックに気をつけなきゃならなくなるしな」

「俺にも選ぶ権利はあるぜ」

あはは、と笑いながら棚橋が佐伯に酒を注ぐ。

「しかし出世に興味がねえのは同期としちゃあ有難えが、今回みたいに逆転満塁ホームラン級の逮捕を自首にされちまうのはホント、痛いぜ」

いい点数がついただろうによお、と佐伯は棚橋を軽く睨む真似《まね》をし、コップを上げてみせた。

「……今回のことは本当に感謝しているし、お前には本当に申し訳ないと思ってる」

すまん、と棚橋が真面目《まじめ》な顔で頭を下げたのに、

「なんだよこいつは。冗談も通じねえってか？」

佐伯がバシバシと背を叩き、「いてえ」と棚橋に悲鳴を上げさせた。

「ジョークにしちゃあ、恨みが籠《こも》りすぎてたぜ」

「当たりめえだろ。こちとら出世に情熱燃やしてるんだからよ。さんざん協力した挙句に、警視総監賞モノの事件を棒に振ったんだ。ちょっとくらいは絡ませろって」

ほら、飲め飲め、と佐伯は無理やりに棚橋のコップに溢れるほど酒を注ぐと、

「かんぱーい」

自分のグラスを合わせ、酒を溢れさせた。

「何が乾杯だよ」

「ケツの青い、おめえの恋の成就に」

あはは、と佐伯は笑ってまた棚橋の背をどつく。そうして店が看板になるまで佐伯は棚橋に絡みまくり、棚橋は閉口しながらもすべてを見透かされているこの友の友情に感謝した。

「それじゃあなあ」

大将に看板だと店を追い出されたあと、タクシーで帰るという佐伯を見送った棚橋はポケットを探って携帯を取り出した。

ディスプレイに浮かぶ時計の時刻は深夜一時を回っている。これから訪ねるのは迷惑かと思わないでもなかったが、どうしても今日のうちに——まあ日付は変わっていたけれど——橋に会いたいと、棚橋は彼のマンションに向かって歩き始めた。

連絡を入れる勇気はなかった。橋が弟の逮捕を望んでいないことは棚橋にとってはあまりに自明のことだった。

きっと詰《なじ》られ、謗《そし》られるに違いないという想いはあった。それどころか、縁を切ると言われるかもしれないという恐れもあった。

だがどうしても——橋にどうしても会いたいという気持ちを、棚橋は抑えることができなかった。

橘のマンションに到着したとき、彼の部屋の表示灯はすでに消えていた。どうしようかと思いはしたが、酔いの勢いも手伝って、棚橋はインターホンへと指を伸ばし、橘が応《こた》えてくれるのを待った。

『はい』

しばらくしたあと、暗い橘の声が響いてきた。寝ていたともとれるし、外にいるのが自分であると察しているからともとれる不機嫌そうなその声に、

「俺だ」

棚橋が一言答えると、プツ、とインターホンが切れた。

やはり怒っているのか――ドアが開かれなかったらどうしようと案じた棚橋の前で、かちゃ、と小さく開いたドアの向こう、橘の白い顔が現れた。

「臭い」

「すまん」

棚橋の顔を見た瞬間、橘は顔を顰めて彼を睨んできた。佐伯に相当日本酒を飲まされたので、ひどく匂ったに違いない己の息を防ぐように口に手をもっていった棚橋に、

「どうぞ」

相変わらず不機嫌な顔で橘はそう言い、大きくドアを開いてくれた。

「水、飲む？」

「ああ」

棚橋が頷くと、橘はキッチンへと消え、手にエビアンのボトルを持って戻ってきた。

「はい」

「サンクス」

キャップを捻《ひね》って開け、中身を一気に飲み干す。自覚していなかったが相当酒はまわっているらしく、喉を過ぎてゆく水のあまりの心地よさに、棚橋は、はあ、と大きく息を吐き出した。

「……座れば？」

「ああ」

飲み干したペットボトルを手を伸ばしてきた橘に渡し、言われるままにラブチェアに腰をかけると、橘は一旦キッチンに消えたあと——ペットボトルを捨てに行ったらしい——リビングに戻ってきて、棚橋の前に仁王立ちになった。

「……すっかり騙された」

「すまん」

やはり怒っている——じっと己を見据える瞳が、珍しく怒りに燃えていた。ひどく懐かしい感じがするのは多分、十年前、浮気の証拠を突きつけられて詰問されたときに、同じ光を見ているからかもしれない、などという古《いにしえ》の記憶が棚橋の中に蘇ってくる。

「いつの間にそんなポーカーフェイスを身につけたんだか……昔はすぐバレるような嘘しかつけなかったくせに」

言いながら橘が一歩を棚橋へと踏み出してくる。いつの間にか彼の顔に笑みが浮かんでいることに気づき、思ったほど怒ってはいないようだと、棚橋はほっと安堵の息を吐いた。

「……騙されたよ。まあ、最初に騙そうとしたのは俺だから、おあいこか」

肩を竦めた橘が、棚橋の横へと腰を下ろし、彼の顔を見上げてくる。

「……それにしてもいつ、俺の嘘に気づいたんだ？　最初は俺を疑って来たんだろう？」

逮捕される直前の佑治もひどくさばさばとしていたが、今の橘がまるで同じ状態だった。極限状態を過ぎると、嘆きや憤りよりも諦めが彼らを支配するらしい。兄弟だけにリアクションが似ているのかもと思いつつ、棚橋は「まあな」と答えたあと話を始めた。

「……正確には完全にお前を疑っていたというわけじゃなかった。お前が人など殺せない男だということはわかってたからさ」

「…………」

橘は一瞬何か言いたげな顔をしたが、すぐに首を横に振り、「それで」と棚橋に話の続きを促した。

「……だがあらゆる事象がお前を怪しいと告げていたし、警察の捜査の手が伸びていると聞いては黙ってはいられなくなった。弾みってこともあるだろう、いや、のっぴきならない事情があったのかもしれない——少しだけお前を疑いはした。それは認めるよ。だが、犯行を自供するお前の話を聞いて、絶対にお前は犯人じゃないと俺は確信したんだ」

「……どうして」

橘が眉《まゆ》を顰《ひそ》めて棚橋を見上げてくる。

「そんなに自分の演技に自信があったのか」

「そういうわけじゃないけど……」

いつもの癖で軽口を叩いてしまった棚橋は、顔を顰めた橘の肩を抱き、

「すまん」

と謝ったあと話を続けた。

「お前が弾みで人を殺した、というだけなら、そういうこともあったんだろうとまだ納得できた。だが、行きがけの駄賃とばかりに金まで盗んできたと聞いて、これは絶対にお前がやったことじゃないと確信したよ」

「……どうして」

橘が同じ疑問詞を繰り返す。

「お前はそんなことができる奴じゃない……自分でもわかってるだろうが」

「……買い被りすぎだよ」

橘がふい、と棚橋から目を逸らした。

「……それで、犯人は弟の佑治じゃないかと思った。佑治が犯人であれば、お前は身を挺《てい》して彼を守るだろうってな」

「刑事を騙すのにはまだ修行が足りなかったってことか」

しまったな、と橘は顔を上げると、にっと棚橋に笑ってみせた。

「まったく気づかなかった。お前の成長を目《ま》の当たりにできて嬉《うれ》しいぜ」

「……気づかなくて当然だ」

多分わざとなのだろう、冗談めかした橘の声に、棚橋の真摯な声が被さった。

「え」

橘の顔から笑いが消える。

「……本気だったからな。あのときは本気でお前に騙されようと思ってた」

ぼそりと告げた棚橋の言葉を、しばし呆然と聞いていた橘だが、やがて苦笑し口を開いた。

「それじゃ誤認逮捕になるだろう」

「それでもよかった……お前がそれを望むなら、お前の望むとおりにさせてやりたかった」

「……隆也」

橘の顔がくしゃ、と歪んだ。棚橋を見上げる瞳から一筋の涙が零れ落ちる。

「……本気にするじゃないか……」

それでも口ではふざけてみせる橘の肩を、ぐい、と棚橋は抱き寄せた。

「俺は本気だよ……本気でお前が刑期を終えるまで、ずっと待っててやろうと思ってた」

「……誤認逮捕だとわかってるのに？」

「それでお前の気が済むならいいじゃないか」

あまりに真剣な表情で答えた棚橋の前で、橘は泣き笑いのような顔になった。

「お前、本当に刑事には向いてないね」

「佑治にも言われた……お前ら兄弟は似てるな」

そう言い、棚橋はそっと橘に唇を寄せる。

「……これでよかったのかな」

唇同士が触れる寸前、橘がぽつりと呟いた言葉に、棚橋の動きはぴた、と止まった。

「……佑治は……今、辛いんじゃないかな」

橘の瞳から、一筋、二筋と涙が零れ落ちてゆく。

「佑治から伝言がある」

「え」

その涙を指先で拭ってやりながら、棚橋が橘の目を真っ直ぐに見据えて囁いた。

「『幸せになってください』……そう伝えてくださいだそうだ」

「……っ」

聞いた瞬間、橘の唇からは嗚咽《おえつ》が漏れたが、その泣き声を閉じ込めようとするかのように、棚橋の唇が彼の唇を塞いでいた。

「あっ……」

ラブチェアでキスを交わした直後に棚橋は橘の身体を抱き上げ、彼の寝室へと連れてゆくとベッドに彼を下ろした。各々服を脱ぎ合い、全裸になった途端にベッドに倒れ込みまた唇を合わせ始める。

掌で胸を愛撫《あいぶ》する棚橋の下で、橘は身悶え、すでに勃ちかけた彼の雄を棚橋の腹へと擦りつけてきた。

「…………」

棚橋の手がそれに伸びると同時に、橘の手も棚橋の、勃ちきったそれへと伸びてゆく。

「舐めたい」

「え」

何を言われたのかと棚橋が眉を顰めているうちに、橘は己の雄から棚橋の手を退《ど》けさせると、彼の腹まで身体を落として手にしていた棚橋を口へと含もうとした。

「………」

なるほど、そういうことかと棚橋は橘の脇《わき》へと腕を差し込むと、強引に彼の身体を引き上げた。

「なんだよ」

橘の白皙の頬は紅潮し、瞳は欲情に潤んでいる。

「どうせならこっち向け」

「……ああ」

棚橋の手が橘の脚を摑み、身体を回転させようとするのに、彼がしたいことを察した橘は言うとおりに身体を動かし、棚橋の顔をまたぐような姿勢になった。

「……んっ……」

橘が棚橋の雄を摑み、ゆっくりと口内へと収めてゆく。棚橋も橘のそれを片手で摑み、裏筋に舌を這《は》わせると、目の前で橘の尻がびく、と震えるのが見えた。

「……あっ……」

こちらも弄《いじ》ってやろうと、棚橋は橘を口に含んだあと、両手で双丘を広げると、すでにひくついていたうす桃色の蕾《つぼみ》に指を一本挿入させた。

「ぁあっ」

棚橋の口の中で橘の雄が嵩《かさ》を増し、己の下肢の方からは喘ぐ彼の声が聞こえてくる。橘の

そこは彼の指を締め上げ、くいくいと指先を動かすたびに淫猥《いんわい》に蠢《うごめ》き更に奥へと誘ってきた。

「……あっ……はぁっ……あっ……」

二本目の指も面白いほど易々《やすやす》と中へと呑み込まれ、熱い内壁が刺激を求めて指に絡みついてくる。ぐいぐいと乱暴なくらいの強さで中をかき回してやりながら、咥《くわ》えたそれの先端を舌先で割ってやると、橘は棚橋のそれを離し、高く喘ぎ始めた。

「あっ……あぁっ……あっ……あっ……」

目の前でゆらゆらと橘の白い尻が揺れ、口の中ではあの独特の青臭い味が広がってくる。

棚橋がさらにもう一本指を挿入させると、橘は悲鳴のような声を上げ、肩越しに彼を振り返った。

「……もうっ……いくっ……」

「…………」

もうか——始めたばかりじゃないかと意地悪の一つも言ってやろうと思ったが、苛《いじ》めるために抱いているのではないかと思い直し、棚橋は一旦身体を起こすと橘を仰《あお》向《む》けにし、大きく脚を開かせた。

「や……っ……」

両脚を摑んで持ち上げ、煌々《こうこう》と灯《あか》りのつく下、さきほどまで棚橋の指を咥え込んでひくついていたそこを露《あら》わにする。

「早く……っ」

橋が切羽詰まった声を上げるのに合わせるように、多分無意識なのだろう、ベッドの上で彼の腰が卑猥《ひわい》にうねる。行為を重ねるにつれ、棚橋は橋があまり男同士の——もしかしたら女相手でも——セックスには慣れていないのではないかと思うに至っていた。

手淫や口淫で簡単に達し、丹念な愛撫にはすぐ音を上げる。ただでさえ年相応には見えない橋の顔が、快楽に耐えかねている様子はまるで幼子でも苛めているような気分に棚橋を追い込むのだが、それがまた彼の劣情を煽っているのも事実だった。

延々と啼《な》かせてみたくなる——ずぶり、と先端を挿入させた棚橋の頭に、そんな加虐めいた言葉が浮かび、彼を瞬時狼狽《ろうばい》させた。

「……や……」

動きの止まった棚橋を、橋がどうしたのだと見上げてくる。大きな瞳に天井の灯りが映り煌いている。その美しさにまた見惚《みと》れそうになった棚橋は、

「や……ん」

彼は意識していないのに違いないが、もどかしそうに腰を揺する橋の動きにようやく我に返った。

「………」

あどけない顔で淫《みだ》らな動きをしてみせる橋の白い裸体は今、棚橋の突き上げを待ち侘びて

いる。了解とばかりに棚橋は小さく頷くと、彼の両脚を抱え上げ、いきなり激しく腰を打ちつけ始めた。

「あっ……はぁっ……あっ……あっ……」

橘の身体が、ベッドの上で跳ね上がる。彼が上へと伸ばした手に摑まる先を与えてやろうと棚橋が身体を落とすと、すぐに気づいた橘が首に縋りついてきた。

「あっ……はぁっ……あっあっ……あっ」

ぎゅっとしがみついてくる指先の強さと、耳元で響く高い喘ぎ声が、棚橋の欲情をますます駆り立て、律動のスピードを上げてゆく。

「あっ……ああっ……あっあっあっ」

今日もあっという間に橘は達してしまったが、棚橋はまだ橘の中で己の精を吐き出せずにいた。はあはあと息を乱す橘が腕を解《ほど》くと、

「大丈夫か」

ゆるり、と腰を動かし、まだいきり勃つ自身を強調してみせる。

「……ん……」

頷いた橘が、ぎゅっと後ろに力を込め、両脚を棚橋の腰へと回す。

「ふっ……」

再び棚橋が律動を始めると、橘は彼についていこうとでもするように目を閉じ、腰を揺ら

した。

「……あっ……」

奥底を抉《えぐ》り続けるうちに、橘の身体が再び汗ばみ始め、二人の間で萎《な》えた雄が硬さを取り戻してゆく。手を差し入れ、扱き上げてやりながら腰の動きを速めると、橘は一気に二度目の絶頂へと上り詰めてゆき、高く声を上げ始めた。

「あっ……はぁっ……あっ……あっ……あっ……」

さきほどあまりに早く達してしまったことを気にしているのか、必死で腰を引いて射精を堪《こら》えている様子もまた愛らしく、棚橋はそんな我慢は不要だと伝えてやろうと一段と激しく彼を扱き上げると、自身もフィニッシュ目指し、一気に律動のスピードを上げた。

「あっ……ああっ……あぁぁっ……」

今度は棚橋は置いてきぼりを食らうことなく、橘が達するのとほぼ同時に達し、彼の中にこれでもかというほど精を吐き出した。

「あっ……」

喘ぎすぎて息苦しいのか、橘が酸素を求めるようにぱくぱくと口を動かしている。

「……大丈夫か」

「……うん……」

一気に攻め立てすぎたかと案じ、顔を覗き込んだ棚橋の首にまた、橘の両手が伸びてくる。

「……キスを……」

「…………」

息を乱しながらも囁いてきた橘の呼吸の邪魔にならぬよう、細かいキスを数えきれないほどに与えてやりながら、棚橋は己の胸を焼きつくすほどの熱い想いを感じていた。

身動きをするのも億劫《おっくう》なほど、二人して精を吐き出したあと、棚橋は橘の身体を抱きながらその夜の眠りにつこうとしていた。

「……隆也……」

「ん？」

すでに眠っていると思っていた橘に声をかけられ、棚橋は彼の顔を覗き込んだ。が、閉じられた瞼《まぶた》は上がる気配がない。寝ぼけたのか、と思い、上掛けを裸の背にかけてやろうとしたそのとき、

「隆也」

再び名を呼ばれ、棚橋はまたも橘の顔を覗き込んだ。

「なんだ」

「……俺だけ……」

「え？」

棚橋の裸の胸に頬を寄せている橘の瞳は未だ閉じたままである。口調がはっきりしているから起きているに違いないのだが、彼が目を開けないでいる理由を、棚橋は間もなく知ることとなった。

「……俺だけ……幸せになってもいいのかな」

「翔……」

目尻を幾筋もの涙が流れ落ちてゆく。ぎゅっと目を閉じているのは、嗚咽を堪えているからなのだと察した棚橋の胸にやるせない思いが込み上げてくる。

「お前が幸せになることが佑治の幸せだと、俺は思う」

胸に溢れる思いを伝える棚橋の声は震えていた。

「……隆也」

ぎゅっと閉じられていた橘の瞼が開き、涙に濡れた瞳が真っ直ぐに棚橋を見つめてくる。

「……幸せになろう。佑治が安心して帰ってこられるように、俺たち二人、幸せに暮らそうぜ」

「…………」

くしゃくしゃと涙に歪んだ顔を両手で覆い、橘が何度も何度も首を縦に振る。

「幸せになろう」

棚橋も込み上げてくる涙を飲み下しながら、何度も何度もそう繰り返し、自身の顔を覆う橘の手の甲に熱いキスを繰り返した。

9

「ただいま」

「おかえり。遅かったね」

佑治が逮捕、起訴されて二ヵ月後、橘の家の玄関先で、軽く唇を合わせる棚橋と彼の姿があった。

「まったく、こき使ってくれるぜ。ウチの課長はよ」

「とっとと昇任試験受けて、隆也が課長になればいいのに」

軽口を叩きながらも橘は棚橋の上着を脱がせ、彼を食卓へと導いてゆく。

「あ、もしかして食ってきたとか?」

「家でメシ作って待っててくれてるのがわかってるのに、食ってくるわけねえだろ」

時刻は十時をまわっていたために問いかけた橘に、さも当たり前のことを言うかのように棚橋が口を尖《とが》らせる。

「腹減ったら食えばいいのに」

「お前のメシより美味いメシがありゃ食うさ」

棚橋がそう言うと、橘はあからさまに呆れた顔になり、

「よく言うよ」

肩を竦めてキッチンへと消えた。間もなく料理を温め直している美味《おい》しそうな匂いが漂い始める。

「まったくそんな世辞を言えるようになるとは、隆也も成長したもんだ」

ほら、と手早く皿を目の前に並べながら橘が笑うのに、

「世辞じゃねえよ。どうして人の言うこと信用しないかね」

棚橋は大真面目な顔でそう言い、ますます橘の失笑を買った。

「なんだ、お前も食べてないのか」

「うん。まあね」

自分用の皿を並べ始めた橘に、棚橋が驚いて声をかける。

「食えよ。俺の帰りなんざ、いつになるかわからねんだから」

「でも帰ってくるしね。昔は待つだけ無駄だったけど」

「………」

さりげない嫌みに、棚橋がぐっと言葉に詰まると、橘は、

「冗談だよ」

と声を上げて笑った。

「あまり嫌みを言って、また隆也が帰ってこなくなったら困るからね」

「それが嫌みなんじゃあ……」

ぶつぶつ言いながらも棚橋も席を立ち、橘がキッチンから料理を運ぶのを手伝い始めた。

「こんな気遣いも昔はしなかったのに……」

「以下同文ってか？　はいはい、確かに俺も大人になったよ」

「誰に大人のつき合いを教えてもらったのかなあ？」

ちろ、と橘が冷たい視線を棚橋へと向けてくる。

「……お前今、真剣に嫉妬しただろ」

「そういうわけじゃないけどさ」

橘が口を尖らせる。そういえば昔から彼は嫉妬深かったのだと思いつつ、棚橋はちょいちょい、と指で彼を呼んだ。

「なに」

橘がどうしたんだというように、棚橋へと近づいてくる。

「……お前と別れたあと、確かに何人かの女とはつき合ったがな」

「別に聞きたくないよ」

ふいっと橘が顔を背けてまたキッチンへと戻ろうとするのを手を摑んで制すると、

「まあ聞けって」

棚橋は彼と向かい合い、じっと顔を見下ろした。

「なに」

「一緒に暮した女はいないし、暮したいと思った女も、勿論結婚を考えた女もいない。ちなみに前にも言ったが、男はお前以外バージンだ」

「……馬鹿じゃねえの」

棚橋に向かい、心底馬鹿にしたような顔でそう告げた橘の頬は、それでも紅《あか》く染まっていた。

「そういうわけだから、俺が大人になったのは全部オノレの力よ」

「そういうこと言う時点で大人じゃないって気づけよな」

ドン、と軽く棚橋の胸を拳で叩いた橘が、呆れながらも嬉しそうに笑ってみせる。

「あとはお前の愛の力」

「馬鹿」

可憐《かれん》な笑顔に思わず調子に乗ったことを言った棚橋に、悪態で答えた橘の顔は、やはり嬉しそうだった。

「そういやさ」

食事のあとのコーヒーは棚橋が毎晩自分で淹《い》れて飲んでいた。橘があまりコーヒーを好まないのがわかってからは、彼にさせるのをやめたのだ。

「なに？」

今日は橘も飲みたい気分だと言ったので、棚橋は彼にも淹れてやっていた。ラブチェアで二人コーヒーを飲みながらテレビでニュースを見ているときに、棚橋が思い出したように言い出した話は、実は彼が帰宅したときから橘に言おうとしていたものだった。

橘は勘が鋭い。昔から棚橋のその種の小細工を見逃したことがない彼は、何かを察していたのだろう、すぐにテレビのスイッチを切り、じっと棚橋を見上げてきた。

「……佑治の第一回公判の日が決まったよ」

棚橋はそう言い、手の中のコーヒーを一気に飲み干すとカップをテーブルへと置いた。

「……いよいよか」

橘も頷き、数口、口をつけただけのマグカップをテーブルへと下ろす。

「弁護士が言うには、多分執行猶予がつくだろうってことだから、心配することはねえよ。それにな、今、『ローンサクラ』被害者の会っていうのができてるらしくてさ、佑治の減罪を嘆願する署名を集めようという動きもあるんだと。知ってたか？」

「いいや、知らなかった」

初耳だ、と驚く橘の肩を棚橋がぎゅっと抱き寄せる。

「見守ってやろう。二人して」

「……うん」

棚橋の言葉に橘は力強く頷き、彼の胸に頬を寄せた。

「しかし佑治が帰ってきたら、俺はここに住んでていいのかね」

橘の髪に顔を埋めながら、棚橋がぼそりとそう告げる。

「……まあ手狭にはなるけど、別に構わないんじゃないの」

「おい」

言いながら顔を上げた橘の股間《こかん》に棚橋の手が伸び、ぎゅっと握り締めた。

「……やっぱ、こういうことは寝室限定にしないといけねえよな」

「当然」

口調は冷たかったが、橘の手は棚橋のシャツのボタンにかかっていた。

「風呂もマズいよな」

「響くからね。隣にも聞こえてるんじゃないかと実はちょっと心配なんだ」

「キッチンで流しに手えついてってのも、許されないだろうな」

「そんなこと、したことないだろ」

軽口を叩きながらも棚橋の手は橘の股間を揉みしだき、橘は棚橋のシャツのボタンを外しきると下着代わりのTシャツの上から彼の胸の突起を掌で擦り始める。

「……明日は？　朝、早いのか？」

棚橋が橘の手を退かせると立ち上がって彼の身体を抱き上げた。

「いつもどおりだ。隆也は？」

先月から橘は知人の紹介でそれほど小さくはない会計事務所で働き始めていた。真面目な人柄と簿記の知識が買われ、今は経理を一手に任されているという。

「俺もいつもどおりだ」

棚橋が笑って橘へと唇を寄せる。

「それじゃ気兼ねなくやらせてもらおう」

「気兼ねなんかしたことないだろうに」

棚橋の唇が触れるのを待たずして、自ら唇をぶつけてきた橘はそう笑い、棚橋の首にぎゅっとしがみついた。


「……あぁ……んっ……あん……」

ベッドの上、悩ましげな橘の声が響く。胸の突起を棚橋が、わざと音を立ててしゃぶるたびに、彼の高い声は響き、白い裸体が淫らにうねった。

「……ん……んふっ……」

つんと勃ち上がった突起を舐《ねぶ》り、時に歯を立て、強く吸ってやりながら、もう片方を指先で摘《つま》んだり引っ張り上げたりして弄くると、橘は耐えられないというように首を横に振り、ぎゅっと棚橋の頭を抱き締めてきた。

「……あん……あ……んんっ……」

下肢をくねらせ、覆い被さる棚橋の身体に己の雄を擦りつけようとする。わざとそれを避けて身体を浮かし、胸ばかりを攻め続けている棚橋の動きは、橘を焦らすためのものだった。棚橋の意図に気づいているのかいないのか、我慢できなくなったらしい橘が両脚を棚橋の背に回し、ぎゅっとしがみついてくる。

「……どうした」

「……んんっ……」

顔を上げて笑いかけると、橘は背に回した両脚に力を込め、ぐいと己の方へと引き寄せてきた。

「胸もいいんだろ?」

「……うん……」

勃ちきった乳首をピンと棚橋が弾《はじ》く。

「や……っ」

「胸だけで勃ってるもんな」

にやにや笑いながら二人の身体の間にある橘の雄を見下ろす棚橋を、

「悪かったな」

と、じろりと見上げた橘は、また乳首を軽く弾かれ、息を呑んだ。

「ふふ、面白いな」

「面白くない……あっ……」

ピン、ピンと数回弾いたあと、棚橋が人差し指の爪《つめ》をめり込ませると、

「やっ」

橘は大きく身体を仰《の》け反らせ、彼の雄はまた一段とその硬さを増した。

「まさか胸だけでイけるんじゃないだろうな」

「やめっ……あっ……」

面白がって胸を弄りまわす棚橋を、橘が恨みがましい目で見上げてくる。

「ジョークだって」

「……悪趣味すぎる……あっ……」

最後にもう一度、ときゅっと胸の突起を捻り上げたあと、棚橋は手を背に回して橘の脚を解くと、そのまま両脚を抱え上げ、彼の身体を二つ折りにした。

「……やだ……っ」

「ビンビンじゃないの」

すでに先走りの液を零している橘の雄が、彼の白い腹を汚している。

「オヤジ……」

「まあ、俺もビンビンか」

まさにいやらしい中年オヤジの言うようなことを言いながら、棚橋はその『ビンビン』な彼の雄で橘の後ろを数回擦り上げた。

「……あん……っ」

早くしろ、というように棚橋を睨んだ橘に、

「わかってるって」

棚橋は笑うと、そのままずぶ、と先端をそこへと捻《ね》じ込んだ。

「あっ……」

「おい、そんな締めつけんなよ」

入れねえ、と抱えていた橘の両脚をさらに高く上げさせた棚橋に、

「……本当に今日は……オヤジ……あっ」

悪態をついた橘の身体が、シーツの上で跳ね上がった。棚橋が一気に彼を貫いたのだ。

「……オヤジで悪かったな」

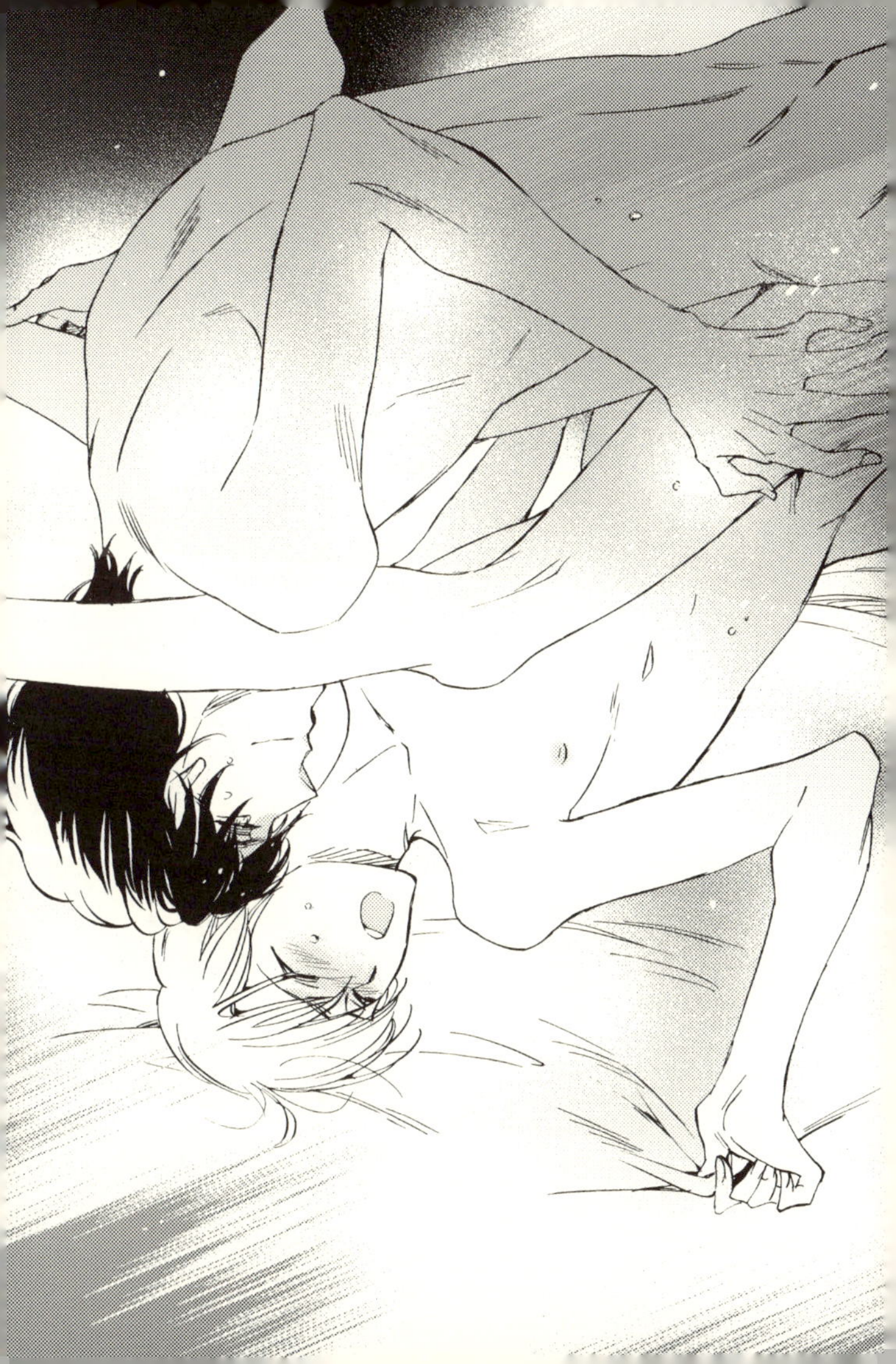

「あっ……はぁっ……あっ……あっ……」

激しい棚橋の突き上げが始まり、橘の口からは高い嬌声《きょうせい》が漏れ始める。髪を振り乱し、シーツの上で身悶える華奢な身体が紅潮してゆくさまはあまりに淫蕩で、腰を打ちつけながらも棚橋はしばし橘の薄紅色に色づく裸体に目を奪われた。

「あっ……あっ……あっあっあっ」

橘の身体が大きく仰け反り、白い喉が露わになる。腹に生ぬるい感触を得、棚橋は彼が達したことを知った。

「……っ」

射精を受けて橘の後ろが激しく収縮し、棚橋の雄を締め上げる。その刺激にたまらず棚橋も達し、息を乱しながら橘の上に身体を落としていった。

「……っ」

同じく息を乱していた橘が身体を起こし、棚橋にしがみつくと半ば強引に棚橋の唇を塞いでくる。

再会したその日、十年ぶりの行為に耽《ふけ》った直後も橘はこうして、苦しげな様子をしながらも胸に秘めた激情に駆られたかのようにくちづけを求めてきたのだった——不意に棚橋の脳裏に、その夜の橘の笑顔が浮かぶ。

明るく振る舞いながらもどこか儚げにみえる微笑を浮かべていた彼——最近彼の笑顔が晴

れやかに見えると思うのは、あまりに己に都合のいい錯覚か。

「……隆也」

いつまでもくちづけに応えてこない棚橋に焦れた橋に名を呼ばれ、棚橋ははっと我に返った。

「……愛してる」

「……ふふ」

囁きながら唇を合わせてゆくと、橋は照れたように微笑み、目を閉じて彼の唇を受け止める。

その微笑が少しも儚くみえないことに、己が思うほどの自己満足でもなかったか、と安堵の息を漏らしながら、棚橋は橋の唇を貪《むさぼ》り続けた。


佑治の第一回公判を、棚橋は橋と傍聴した。想像よりも検察側の追及は柔らかく、弁護士の言うように情状酌量が認められて執行猶予がつきそうだと、二人は顔を見合わせ微笑み合った。

「なんだかあいつ、前よりしっかりしてきたような気がする」

気のせいかな、と首を傾げる橘に、

「成長したんだろう」

棚橋が微笑み、彼の肩を抱く。

「でなきゃ『兄さんを幸せにしてあげてください』なんて台詞《せりふ》、言えねえだろう」

「……そうだね」

橘も棚橋に微笑み返し、その胸に身体を寄せたのだったが、ふと思い出したように、

「そういや隆也の同僚の人、傍聴に来ていたね」

そう言い、棚橋の顔を見上げてきた。

「ああ、佐伯だろ？　次の公判で証人喚問されるらしいからな」

それで来たんだろう、と、棚橋は少し離れたところに座り、「よお」と手を上げてきた友の姿を思い起こした。

「マズくないのか？　被告の兄と一緒に傍聴してるとこなんか見られて……」

「別にいいだろ。こちとら今日は休暇中よ」

「でも……」

橘の顔が曇る。彼の予想どおり、佑治の事件に関しては棚橋の署内の立場は微妙ではあった。課長などはあからさまに「事件関係者とあまり親密に交流しないように」とわざわざ棚橋に注意を与えてきたほどである。

また、もとより仲のいい佐伯や御木本の棚橋に対する態度は変わらなかったが、他の刑事たちはやはり、犯罪者の身内と親密にしている棚橋を遠巻きにしている雰囲気があった。捜査情報を容疑者に漏らして自首させたと、棚橋を陰で謗る者もいるそうである。

人に何を言われたところで、自分には関係ない——以前の彼ならそう投げ捨ててしまっただろうが、今、棚橋は己の行動で周囲を納得させようと、今まで以上に熱意をもって仕事にあたっていた。

今までは自分一人のことだけ考えていればよかったが、今、棚橋は一人ではなく、守りたい相手が——橘がいる。

橘が、そして彼の愛する弟が、堂々と胸を張って人生を歩んでいく、それを支えられるように自分もしっかりしなければと棚橋は思うようになっていた。

これも成長といえるかな——あまりに手前味噌すぎるか、と一人照れて笑った棚橋の傍らで、

「俺もしっかりしないとな」

橘がしみじみとした口調でそう言い、棚橋を見上げてきた。

「お前は昔からしっかりしてたじゃねえか」

「まあ、隆也はフラフラしてたけどね」

軽口で応酬してはいたが、棚橋の背を抱く橘の手は力強かった。棚橋も彼の肩を抱く手に

ぎゅっと力を込めてやる。

「……人は変われるもんだ。俺も、お前も……勿論佑治も」

「……うん」

ぼそ、と呟いた棚橋の言葉に、橘が微笑み、頷いてみせる。

「俺も少しは変わったかな」

「少しどころか」

「ふけたとか言うなよ」

明るく微笑む橘の肩を「馬鹿」と笑いながら抱く棚橋の手に力がこもる。その腕の力強さは、この幸せな笑みを曇らせることは二度とすまいという、棚橋の決意の表れに他ならなかった。

なくて七癖

『なくて七癖』とはよく言ったもので、隆也《りゅうや》にも彼本人が気づいていない癖がある。

「ただいまあ」

一昨日、当直だから帰らないと言っていた彼から、昨夜もまた急遽《きゅうきょ》当番になってしまったので帰れない、と電話があったときから俺は怪しいな、と思っていた。

「おかえり、疲れただろ」

「ああ、もう、疲れたなんてもんじゃねえよ。佐伯《さえき》の野郎がインフルエンザで倒れやがってよ、急に当直替わんなきゃならなくなってさあ」

心に疚《やま》しいことがあるとき、饒舌《じょうぜつ》になるのも彼の「七癖」の一つだった。昔から――十年前から、隆也が必要以上に喋《しゃべ》り始めたら要注意、俺に何か隠し事があると思ってまず間違いない。

「佐伯さん、確か一人暮しじゃなかったっけ？　寝込んでいるなら看病しに行こうかな」

「あ、いや、そんなたいしたことねえって言ってたぜ」

俺の言葉に隆也は一瞬しまった、という顔になり、慌てて言い訳を重ねる。嘘《うそ》がバレたことを察したときのこのリアクションも彼の癖の一つで、これも十年前とまったく変わらない。

普段は強面《こわもて》の刑事でとおっていると本人は言っているが、ここまで顔に出ているようでは眉唾《まゆつば》ものだ、と思いつつ、俺は早々に彼への追及を切り上げてやることにした。

「メシ、食うだろ。二日ぶりだから結構凝ったんだ」

「お、おう。ありがとな」

あからさまにほっとしてみせる隆也を前に、俺は心の中でやれやれ、と溜《た》め息《いき》をつくと、

「本当にもう、忙しくてさあ」

懲りずに饒舌に喋ろうとする彼の横をすり抜けキッチンへと向かった。


隆也と俺がつき合い始めたのは、今から十年以上前、高校二年の頃だった。

「そういやさ、お前とこういう関係になったきっかけってなんだっけ」

高校卒業後、東京で二人して暮し始めた頃に、隆也がふと思いついたように聞いてきたのに、

「……どうだったっけね」

そう笑って答えたものの、内心俺はかなりショックを覚えていた。

俺が隆也に『友情』とは言いがたい想いを抱いたのは、体育祭のあとのコンパで——高校生のくせに、という話はさておいて、だが——酔っ払った隆也にいきなり唇を奪われた、その日が最初だった。

「好きなんだ」

一体何が起こったのかと呆然《ぼうぜん》としていた俺に隆也が熱く囁《ささや》き、再び唇を押し当ててきたとき、男にキスされたというのに自分が少しの嫌悪感も抱かなかったことに、俺はまた驚いていた。

多分俺も、隆也に対してそれまで意識はしていなかったが、恋心を抱いていたのだろう。翌日、隆也も俺も前夜のキスを『酔った勢い』で片づけず、それから俺たちのつき合いはなんとなく男女間のそれに近くなっていった。

俺は初めてのキスの日にちも場面も、月がどれだけ欠けていたかも——路上でキスされたのである——何もかもを覚えていたにもかかわらず、隆也は少しも覚えていないのだという事実に傷つきはしたが、つき合いが進むにつれ彼はそういう人間なのだということがわかってきた。

隆也にはまるで悪気がないのだ。彼の視野には常に現在、そして未来しか入っておらず、過去を振り返ることを潔しとしない、隆也はそういう男だった。対する俺は、どちらかというと過去に捉《とら》われ、思い出の一つ一つを胸から取り出し慈しむのが好きだった。

高校時代には、お互いの性格の違いなどほとんど気にならなかったのだが、別々の大学に行くようになってからは、俺は彼の文字通り『前向きな』性格についていかれないものを感じ始めた。

もともと人づき合いの得意な隆也は大学であっという間に親しい友人を何人も作り、彼らと東京での新生活を満喫し始め、俺にも「友達を作れ」と勧めた。

「友達の一人もいなくちゃ、せっかくの大学生活が楽しくないだろう」

今になって思えば、隆也は至極真っ当なことを言っていたとわかるのだが、当時の俺は、隆也が俺を負担に思うあまりに、他所《よそ》へ気を逸《そ》らせようとしているのだと、そんな馬鹿げた考えに捉われてしまっていた。百八十センチを超す長身に、整った顔立ち、会話も面白く仕草もスマート、その上天下の東大生ともなれば、周囲が放っておくわけがない。偶然、モデルかタレントかと見紛う綺麗《きれい》な女の子たちが隆也を取り囲むようにして歩いているのに遭遇したことがあるのだが、そのとき彼がとても楽しげな顔をしていたことがまた、俺の嫉妬《しっと》心をひどく煽《あお》った。

俺は隆也しかいらないのに——毎晩、悶々《もんもん》と帰りを待たれていることがいかに負担に感じるものか、どうして当時の俺にはわからなかったのだろう。それも若さというものか。

俺が前向きな隆也を受け入れられなかったのと同じくらい、隆也も後ろ向きな俺を受け入れることができなかったのだろう。二人で過ごすのを避けるかのように彼は遊びまわるようになっていき、俺はますます彼の一挙一動に目を光らせるようになった。

隆也の浮気にも俺はすぐに気がついた。気持ちなど少しも入っていない、アバンチュールのような行為だということはわかってはいたが、だからといって許せるというものではなかった。

また隆也が馬鹿正直といおうか隠し事ができない性格といおうか、「ただいま」とドアを開けた瞬間、『浮気してきました』と顔に書いてあるというくらい、わかりやすい男なのだ。

「家庭教師先でメシ出してもらっちゃってさあ」

必死になって考えてきたであろう言い訳も、俺に言わせれば幼稚園児だってもう少しマシな演技をするだろうにというほどお粗末なものだった。

喋れば喋るほどボロを出すのがわからないのか、饒舌な彼の言い訳を一つ一つ潰《つぶ》してゆく。

「ごめんなさい！　もうしません‼」

最後は隆也の土下座で終わる、そんないたちごっこを続けているのが、だんだん空《むな》しくなってきた頃、弟から母親が倒れたという連絡があった。

俺が東京に出てきた頃、父と母の間では離婚話が持ち上がっていた。原因は父親の浮気だったが、いよいよ『浮気』が『本気』になり、父が離婚届を突きつけてきたという話だった。もともと精神的に脆《もろ》いところがあった母はショックに耐えられなかったらしい。自分一人の手にはあまると弟がＳＯＳを送ってきたその夜、またも隆也の浮気が発覚した。

「『ごめん』で済んだら警察はいらないっ」

普通の精神状態のときであれば、俺もあそこまでキレなかったに違いない。隆也に母を苦しめた父親の姿を重ねてしまっていた俺はそう言い捨て、アパートを飛び出し母のもとへと向かった。

母親はなかなか復調せず、隆也と連絡が途絶えたまま月日は流れていった。何度か電話を入れようかと思ったが、ダイヤルしようとしては電話を切る、その繰り返しだった。

一旦彼と離れてみると、彼にとっての自分がいかにうざったい存在だったか、よくわかった。隆也の浮気の原因の一つは自分にもあったということも見えてきた。母親と弟を放ってはおけないので、物理的に彼のもとに戻ることはできなかったが、たとえ事情が許したとしても、彼と暮し始めればまた、俺は同じことを繰り返してしまうに違いない。

そして隆也も多分同じく、浮気を繰り返すのだろう——そう思うとなかなかよりを戻す勇気が出ず、ずるずると連絡をしないでいるうちに、今更連絡をしても迷惑だろうと思うようになり、いつしか隆也とのことは俺の中で過去の出来事になっていった。

日々の暮しがなかなかに厳しく、過去ばかり振り返っていた俺も現実を見つめざるを得なくなってきた、ということもある。またその慈しむべき過去に、辛《つら》い思い出が含まれるということが逆に俺の目を現在、そして未来へと向けさせたのかもしれない。

母と弟を養わなければと必死で働いているうちにあっという間に十年が過ぎた。その間、ずっと彼を忘れることができずにいた、というわけではなかった。かといって、まったく忘れていた、というわけでもない。時折ふと、隆也は今頃どうしているだろうと思うこともあったが、積極的に行方を捜そうというところまでは至らなかった。きっと結婚しているだろうと予測していただけに、その事実を確かめる勇気がなかったのだ。

だが幸運なことに彼は未《いま》だ一人身で、思わぬ再会を果たしたあと、俺はまた彼と暮し始めることになった。一度失ってしまったと諦《あきら》めていたものを再び手にすることができた幸せに俺は酔いしれると同時に、二度と同じ過ちは繰り返すまいと心に決めていた。

隆也が負担になるような愛し方をするのはやめよう。彼が逃げ場を求めたくなるような関係にはなるまい——俺がそう決意したのと同じく、隆也もまた、過去の過ちは繰り返すまいという決意を抱いてくれているようで、十年前のように彼が俺に嘘をついたり、ましてや浮気をしている気配を感じたことはまったくなかった。

だが、今夜の隆也は何かを隠しているとしか思えない——当直だと嘘をついて、一体どこに外泊したというのだろう。昔の浮気癖がまた頭を擡《もた》げてきたのだろうか。

「鰆《さわら》の西京《さいきょう》焼きか。俺、これ好きなんだよ」

食卓でわざとらしいくらいに明るい声を出している彼を、問い詰めてやろうかと俺は一瞬思ったが、やめておこうと考え直した。過去の己の過ちを思い出したからである。

「うん、この間、美味《おい》しいって褒めてくれたからね。嬉《うれ》しくてつい作ってしまった」

はい、と味噌《みそ》汁を渡して向かいの席につき「いただきます」と両手を合わせたそのとき——。

「あのよお」

ぽりぽりと鼻の頭を人差し指の先で掻《か》きながら、隆也が少し困った顔で声をかけてきた。

「なに？」

「そんなに怒るなよ」

「え」

何を言っているんだと目を見開いた俺に、

「お前は本当に顔に出るからなあ」

隆也がやれやれ、というように溜め息をつく。

「顔に？」

「ああ。自分じゃ気づいてねえかもしれねえけど、お前、機嫌が悪いときは、喋るときに右の眉が上がるんだよ」

「眉？」

俺は箸《はし》をテーブルに下ろすと指先で自分の眉をなぞってみた。そんな癖があったのか、と驚きを感じていた俺の前で、隆也はテーブルに両手をつくと、深々と頭を下げて寄越した。

「悪かった。佐伯のインフルエンザは嘘なんだ。俺が無理やり当直替わってもらったんだよ」

やっぱり、という思いと、なんでそんな嘘を、という思いから、眉を顰《ひそ》めた俺に、隆也はあまりに驚くことを言い出し、俺を愕然《がくぜん》とさせた。

「明後日《あさって》、お前の誕生日なのに当直だったからよ、佐伯に無理言って替わってもらったんだよ。小洒落《こじゃれ》たレストランでも予約して驚かせてやろうと思ってたのによ」

「……え……」

そういえばそうだった。自分でも忘れていたのによく隆也が覚えていたものだと感心すると同時に、そんなサプライズまで考えてくれていたとは、と俺の頬《ほお》は思わず笑いに緩んでしまう。

「……それより前にお前にヘソ曲げられちゃ、元も子もねえからなあ」

あーあ、とわざとらしく溜め息をついた隆也が、俺に向かってぱちり、とウインクしてみせた。

「……別にヘソなんて曲げてないよ」

「いや、充分曲がってた。怒りのオーラが全身から漂ってた」

「そんなことないって」

もう、と軽く睨《にら》んだ俺に、隆也は、

「そういうことだから、明後日の夜は空けておけよ」

と笑い、「いただきまーす」と元気よく箸を取り上げた。


「……しかしお前、本当に勘が鋭いよな」

食事のあと、一緒に入ろうと誘われた風呂《ふろ》の中で、隆也があまりにしみじみした声を出したものだから、俺は思わず笑ってしまった。

「隆也が顔に出すぎるんだよ」

「これでもポーカーフェイスでとおってるんだけどなあ」

言いながら浴槽の中、俺の身体《からだ》を後ろから抱く彼の手が胸の突起を引っ張り上げる。

「……やっ……」

「なあ」

たまらず喘《あえ》いだ俺の耳朶《じだ》を噛《か》むようにして、隆也が囁きかけてくる。

「……なに……」

「……また、浮気してるんじゃねえかとか、思ったのか？」

言いながらも隆也の手は俺の胸を弄《いじ》り続け、もう片方の手が俺自身へと伸びてくる。

「……いや……思ってなかったけど……あっ……」

よせよ、と身体を捩《よじ》って逃れようとしても、狭い浴槽内では逃げ場もなく、次第に上がってくる息の下そう答えた俺に、

「絶対浮気はしねえから」

安心してくれ、と隆也は笑い、一気に雄を扱《しご》き上げてきた。

「……やっ……駄目だっ……」

「かまわねえって」

湯を汚してしまう、と彼の手を押さえようとした俺の手を振り解《ほど》き、隆也はなおも俺を扱き続ける。

「あっ……はぁっ……あっ……」

腰のあたりに感じる隆也の雄もすでに硬くなっていて、その感触がまた俺をなおさらに昂《たか》ぶらせてゆく。思わず後ろに手を伸ばし、彼の雄を握り締めると、隆也の手が止まった。

「挿《い》れようか」

うん、と頷《うなず》くと隆也が俺の両脚を抱えて風呂の中で開かせる。

「挿れてくれよ」

双丘を摑《つか》み隆也がそこを広げたとき、熱い湯が流れ込んできて、気味の悪いようないいような感覚に俺はたまらない気持ちになった。

摑んだ彼の雄をそこへと導き、先端を挿入させたあとゆっくりとその上に腰を下ろしてゆく。

「……あっ……」

同時に隆也が下から突き上げてきて、奥まで貫かれる感覚に思わず高い声が漏れた。

「……湯の中じゃ、浮力で浮いちまうんだよな」

ぼそりと隆也が呟《つぶや》いたと思った次の瞬間、腹に隆也の腕が回り、繫《つな》がったまま彼に抱えられるようにして立たされる。重力が戻ってきた身体が湯の中に崩れ落ちそうになるのを、腹に回した手でしっかりと支えてくれながら、隆也が俺に囁いてきた。

「手ぇついて」

浴槽の縁に両手をついて身体を支えた途端、隆也の激しい突き上げが始まった。

「あっ……はぁっ……あっ……あっ……」

上がる嬌声《きょうせい》が浴室内に反響し、頭の上から水滴とともに降ってくる。普段よりよっぽど大きく聞こえる自分の声に煽られるように、俺も自ら腰を突き出し、隆也の突き上げを誘っていた。

ちゃぷちゃぷと腿《もも》のあたりで湯が揺れる音がしたが、熱いという感覚はなかった。湯の温度よりもよほど体温の方が上がってしまっているようだ。隆也の律動が一段と激しくなり、漣《さざなみ》のように揺れていた湯面がさらに波立つ。

「……くっ……」

隆也が俺の中に精を吐き出したと同時に俺も達し、白濁の液を飛ばしていた。

「……あーあ」

またやってしまった、と、自分の放った精液が湯に沈んでいくのを目で追っていた俺の耳もとで隆也が笑う。

「……シャワーで流せばいいじゃねえか」

それよりもう一回、と腰を揺すった彼のタフさに呆《あき》れた俺の声はすぐに喘ぎへと変わっていった。

結局シャワーで身体を流したあと、再びベッドで抱き合うというハードな夜を過ごすことになり、最後は気を失うようにして隆也の胸に倒れ込んでしまった。

「大丈夫か」

隆也が心配そうに顔を覗《のぞ》き込んでくる気配がする。

「うん」

大丈夫だ、と笑う俺の身体を、隆也が後ろからそっと抱き締めてきた。

思えば十年前も、俺を抱く彼の腕にはいたわりが満ちていた。そう思う俺の胸に、なんともいえない温かな気持ちが広がってゆく。

ああ、でも、俺の誕生日をこっそり祝おうとしていたなんて頭は、当時の彼にはなかったか——思わずくすりと笑ってしまった俺の心を読んだかのように、隆也が小さな声で呟いた。

「……誕生日か」

祝ってくれようとする気持ちだけでも嬉しいと言おうとした俺は、隆也が続いて呟いた言葉に驚き、思わず目を見開いてしまった。

「そういや初めてキスしたのも、お前の誕生日の前の日だったよな」

「……え……」

覚えていたのか――俺の目の前で隆也が懐かしげに目を細めて微笑《ほほえ》んでいる。

「確かあの夜は、空に綺麗な下弦の月が出てたよな。弦が下にあるから下弦っていうんだってお前が教えてくれたんだっけ」

「……そうだったっけね……」

不覚にも涙が溢《あふ》れそうになり、俺は寝返りを打つと隆也の胸に顔を埋めた。

「おい、大丈夫か?」

「……うん」

俺にとって大切な思い出は、隆也の記憶の中にも大切にしまわれていたのだと教えてくれた彼の胸に、俺は熱い想いを伝えたくてそっと唇を押し当てる。

「なんだよ、まだし足りねえのか」

「馬鹿」

未だに意思の疎通が図りきれぬところはあるかと、思わず苦笑してしまいながら、俺は隆也の胸を拳《こぶし》で叩《たた》き、見当違いなリアクションをとる彼を軽く睨んだ。

あとがき

はじめまして&こんにちは。愁堂れなです。

この度は五十一冊目のルチル文庫となりました『大人は二回嘘をつく』をお手に取ってくださり、本当にどうもありがとうございました。

本書は二〇〇五年発行のノベルズ『ごめんですんだら警察はいらない』の文庫化となっています。かなり昔の作品なので、お読みになられた方はそういらっしゃらないと思うのですが、既読の方にも未読の方にも、楽しんでいただけるといいなとお祈りしています。

文庫化にあたりイラストをご担当くださいました街子マドカ先生、素敵な二人をどうもありがとうございました！

大人の雰囲気溢れる麗しいカバーイラストにめっちゃドキドキしました！　お忙しい中、本当に素晴らしいイラストをありがとうございました。ご一緒させていただけて、とても嬉しかったです！

また今回も大変お世話になりました担当のO様を始め、本書発行に携わってくださいましたすべての皆様に、この場をお借り致しまして心より御礼申し上げます。

最後に何よりこの本をお手に取ってくださいました皆様に御礼申し上げます。

二時間サスペンス調の本作、いかがでしたでしょうか。個人的には脇役の佐伯が気に入ってます（笑）。よろしかったらどうぞご感想をお聞かせくださいませ。

心よりお待ち申し上げます。

次のルチル文庫様でのお仕事は六月に『unison』シリーズの新作を発行していただける予定です。

新キャラ登場！　と、うきうきしながら書きましたので、よろしかったらこちらもどうぞお手に取ってみてくださいね。

そして三月発売の『君に、恋に落ちた夜』（イラスト：亀井高秀先生）の帯でお申し込みいただける『愁堂れなルチル文庫五十タイトル刊行記念イラスト＆書き下ろしＳＳカードセット応募者全員サービス』も、ショート頑張りますので、どうぞよろしくお願い致します。

また皆様にお目にかかれますことを、切にお祈りしています。

平成二十六年三月吉日

愁堂れな

（公式サイト『シャインズ』http://www.r-shuhdoh.com/）

✦初出　大人は二回嘘をつく…アズ・ノベルズ「ごめんですんだら警察はいらない」
（2005年5月）表題作を改題
なくて七癖……………アズ・ノベルズ「ごめんですんだら警察はいらない」
（2005年5月）
愁堂れな先生、街子マドカ先生へのお便り、本作品に関するご意見、ご感想などは
〒151-0051 東京都渋谷区千駄ヶ谷 4-9-7
幻冬舎コミックス　ルチル文庫「大人は二回嘘をつく」係まで。

幻冬舎ルチル文庫

大人は二回嘘をつく

2014年4月20日　第1刷発行

✦著者　愁堂れな　しゅうどう れな

✦発行人　伊藤嘉彦

✦発行元　株式会社 幻冬舎コミックス
〒151-0051 東京都渋谷区千駄ヶ谷 4-9-7
電話 03(5411)6431［編集］

✦発売元　株式会社 幻冬舎
〒151-0051 東京都渋谷区千駄ヶ谷 4-9-7
電話 03(5411)6222［営業］
振替 00120-8-767643

✦印刷・製本所　中央精版印刷株式会社

✦検印廃止

ISBN978-4-344-83113-1　C0193　Printed in Japan

幻冬舎コミックスホームページ　http://www.gentosha-comics.net